TOブックス
マメーとちっこいの
Mame to chikkoino
～魔女見習いの少女は
鉢植えを手にとことこ歩く～
Presented by
Gyo¥0~ & syow
ただのぎょー
ill. syow

CONTENTS

第一部 鹿の角のお姫さま

イラスト・syow

デザイン・AFTERGLOW

Mame to chikkoino

presented by
Gyo¥0- & syow

第一部

鹿の角のお姫さま

Mame to chikkoino
presented by
Gyo¥0- & syow

第一章　ししょーからまほーのなえをもらいました

ここは深い深い森の中、ぽつんと建つ魔女の小屋。

小屋は薄汚く、今にも壊れそうに見えるが、内に入れば快適でしっかりとした様子だ。その一室では、壁に魔法の杖が立てかけられ、床の中央には魔女の大釜《おおがま》、天井からは薬草が吊るされて干されている。黒いローブを着た老婆が揺り椅子に座っていて、向かいには少し緊張した様子で茶色いローブを着た女の子が立っていた。

珍しい緑色の髪をした可愛らしい少女で、歳はまだ十にも満たないだろう。

老婆が女の子に問いかける。

「さて、マメー。あんたの魔術の素質がなんだったかは覚えてるね？」

マメーと呼ばれた少女は元気よく手を挙げて、たどたどしく答える。

「あい、ししょー。じゅんとっかがた、しょくぶつけいまじゅちゅ、いつつぼし《ファイブスター》です」

師匠と呼ばれた女性はうむ、と頷いた。

「そうさね、準特化型植物系魔術の素質五つ星だ。準特化型五つ星ってのはどういう意味だったかね？」

「えっと、しょくぶつのまほーのさいのうはちょーすごい。ほかのまほーもつかえるけどちょっとだけ」

　完全特化型の魔術の才能では、一つの系統のみしか使えない。例えば植物系であれば植物に関わる魔術しか使えない。マメーは準特化型なので他の系統、例えば火や水を扱うような魔術も多少は使用可能であるということだ。植物の魔術が得意で他はそうでもないと言い換えることもできよう。

「それでだいたい合ってるよ。ちなみにあたしは万能系三つ星《スリースター》な。あたしがあんたに魔術をなかなか教えなかったのは、植物系に関してはあんたの素質が高すぎて危険だったからだ。それでもあんたは言いつけ通り魔力も使わず、つまらん勉強や雑用を真面目にこなしてきたって訳だ」

「うん」

「まあ勉強も雑用も真面目にやっとるし、悪さもしない。魔女見習いにしてよかろと魔女集会《サバト》で許可を得てきた」

　師匠はほいこれ、と雑に魔女見習いの証であるメダルを投げ渡した。マメーはそれを受け取るとぴょんと跳ねる。

「やったぁ！」

　これで立派な魔女への第一歩を踏み出したのである。マメーはいそいそとメダルを首に下げた。

「落ち着きなさいよ。魔女の使う薬草は多岐《たき》にわたる。危険なものもそうでないものも、魔力を必要とするものもしないものもね。マメー、あんたには今まで危険でない植物の栽培なんかを任せてきたね？」

「うん」

「あんたの育てた植物は出来がいい。味も良けりゃ、栄養価や薬効だって最高さ。魔女集会でも他の魔女たちがこぞって欲しがるほどだ。こいつは自慢していいことだよ。だけどね、それは農家や花屋にだってできることだ。これからはそうじゃない。魔力が必要で、危険で、だが貴重なもの。魔女にしか扱えない植物を扱ってもらうよ」

「あい！」

「というわけでこいつだ。毒薬の原料にも、魔力回復薬の原料にもなる、魔女にとって最も重要な植物、マンドラゴラだよ」

師匠は横にあった机の引き出しから植物の根っこを引っ張り出し、膝の上にどんと置いた。ごつごつとして灰色がかった茶色の根っこ。根は捻《ひね》くれてわかれ、人の四肢を思わせる。根の上部には眼窩《がんか》と開いた口を思わせる黒い穴が三つあき、老爺《ろうや》の顔のようにも見える。

「おかおこわい」

「ふん、そうだねえ。人型だし、あまり好かれる形はしてないねえ。呪われた叫び声もあげるしね。嫌かい？」

マンドラゴラといえば有名なのは抜いた時にあげる叫び声である。それは強い魔力を帯び、時に抵抗力のない動物や子供を死に至らしめるのであった。

だがマメーは首を横に振る。

「ううん、だいじょぶ」

とはいえ、魔女の弟子であるマメーにとっては見慣れたものでもあった。

「そんならまあこいつに魔力を注いでみな」

師匠はマメーに小さな赤い植木鉢を渡した。マメーがくりっとした琥珀の瞳で覗き込むと、中には水で湿った土が入っている。

「マンドラゴラの種が植えられている。魔力を注げば芽が出るようになっているさね」

つまりマンドラゴラの鉢植えであった。

「これにまりょくをこめればいいの？」

「ああ、ゆっくりだよ」

「やってみるね！」

うんうんと唸りながら鉢植えに魔力を注ぐ。魔力を見ることのできる師匠の目には、マメーの手のひらから春の日差しのような暖かな光が放たれているように見えた。ぽん、と双葉の芽が出た。

「……早いね。さすが五つ星ってことかい？」

師匠は内心驚愕《きょうがく》し、感心していた。普通そんなに早く芽が出るようなものではない。植物を操る才能のない魔女では発芽させるのに数ヶ月かかったり、見習いが逆に魔力を吸われすぎて倒れるような事故もあるのであった。

マメーの手の中でにょき、と芽が大きくなり、葉となる。二枚の葉っぱは緑に色づき、根本の方が赤く染まった。

「魔力を注ぐのをやめな、なんか変だねえ」

育成が早すぎるのもあるが、マンドラゴラの茎は赤くはならない。師匠は魔力を止めるようマメーに伝えた。

「ん」

しかしその言葉は遅かったのである。

鉢植えの土がぷるぷると揺れた。そして葉がぶるりと揺れたかと思うと、地中から何かが飛び出してきた！

それは体長10㎝ほどの人型だった。ただ表面のでこぼこしているマンドラゴラと違い、妙につるりとした真っ赤な表面の二頭身の人形のような形状で、短く細い手足がついている。お尻にあたる部分は小さな尻尾のように出っ張っていた。

根の上部、マンドラゴラでいえば眼窩のような黒い穴が顔のように見える部分には、まるで人間のように白い部分と黒い瞳がある目があり、頭のてっぺんからはにょきりと茎が伸び、葉っぱが二枚生えていた。

それは細い足で器用に立ち上がると、くりっとした目をマメーに向ける。

「ピキー！」

そして妙に高い鳴き声を上げて、右手を腰に当て左手をぶんぶんと振った。

マメーは叫んだ。

「かわいい！」

師匠は叫んだ。

「なんじゃそりゃぁ！」

こほん、と師匠は咳払いを一つした。

「まあ待ちな、マメー、そいつはマンドラゴラじゃあない」

「でもマンドラゴラのなえなんでしょ？」

マメーは首を傾げる。人型も同じ方向に首を傾げた。二枚の葉っぱがふわりと揺れる。

師匠はマメーに膝の上にある本物のマンドラゴラをぐいっと突き出した。

茶色の恐ろしげな顔がマメーに迫る。だが、彼女は別にそれをこわがったりはしていない。顔がこわいと思いはするが、ここは魔女の小屋なのだ。見慣れたものである。

「これと！　それが！　同じに見えるのかい？」

「見えない」

マメーは植木鉢を卓の上に置くと、赤い人型はよいちょと鉢から降りてきて卓の上に立った。マメーは人型に向けて首を傾げながら問いかける。

「じゃああなた、しんしゅのマンドラゴラなのね？」

人型はぐいっと親指を立ててマメーに向かって突き出した。

「ピキー！」

「そうだって！」

師匠は大きく溜息を吐いて壁に立てかけていた杖を手にすると、その先端を無造作に赤い人型に向けた。

「〈鑑定〉！」

虹色の魔力の光が人型に向かって飛んでいき、吸い込まれていく。

「ピキュー⁉」

赤い人型はびっくりしたように叫び、跳び上がった。しかし別に攻撃や呪いといった魔術ではない。人型は自分の身体が傷ついてないことを確認すると、師匠に向かってぶんぶんと手を振り、ちいさなちいさな指を突きつけて鳴いた。

「ピキーピキー‼」

「ひとにむかって、むきょかでまじゅちゅをつかうのよくない！　っていってるよ」

「あんた人じゃないだろうに。なになに……なんだこの『ししょーの家でおししょーからもらった鉢植えから生まれた新種のマンドラゴラ』ってバカな名前は」

師匠には分かる。鑑定の魔術で学名が出てこず、明らかにマメーの意識による名前が出てきたということは、これは新種であり発見者がマメーであるという意味だ。

師匠は愚痴のように続ける。

「だいたいなんでこいつは赤いんだい。人参よりも真っ赤じゃないか」

「んー、はちうえがあかかったからだとおもう」

「そんなバカな話があるもんかい。じゃあこいつだったらどうだっていうんだ」

師匠は土と種の入った黄色い植木鉢を渡した。マメーが失敗した時用に用意していた予備の苗である。

「やってみる」

マメーは鉢植えを受け取ると、うんうんと唸りながら鉢植えに魔力を注ぐ。ぽん、と芽が出た。根っこの方は黄色かった。

「あー……」

師匠が唸っていると、鉢植えの土がぷるぷると揺れて地中から何かが飛び出してきた！

それは赤いのによく似ているけどちょっとずんぐりしていて、色の異なる黄色い人型だった。くりっとした目をマメーに向けて、両手をうーんと広げて伸びをするような動きを取った。

「ピー！」

それは妙に高い鳴き声を上げる。

マメーは叫んだ。

「かわいい！」

赤い人型は仲間が増えた喜びを示すかのようにぴょんとジャンプして鳴いた。

「ピキー！」

師匠は叫んだ。

「なんじゃそりゃぁ！」

師匠は大きく溜息を一つ。

「はあ、あたしゃ何だか疲れたよ」

「ししょーだいじょぶ？」

「ピキー？」

「ピー？」

マメーが首を傾げると、赤い人型と黄色い人型は同じように身体を傾けた。

「はいはい、心配してくれてありがとね。とりあえずあれだ。ちょっと休むが、その前に一つだけ決めとくれ」

「なあに？」

「そいつらの種族名だよ。マメー、あんたの作った新種のマンドラゴラなんだ。命名権はあんたにある」

「えーっとじゃあ……ピーってなくマンドラゴラだからピーマn……」

「そいつはすでに存在する植物だねぇ」

「……ピーマンおいしくない」

マメーは苦味や辛味のある植物は苦手であった。

「ピキー」

「ほら、そいつもピーマンちゃんと食べろって言ってるよ」

「言ってないもん！」

「でも食べなさいね」

「……あいー」

しょぼくれたマメーはぴょんと跳んだ。

「じゃあ！　ひっくり返してマンp」

「それ以上はいけない」

師匠は手を突き出し、マメーの言葉を遮った。

「だめなのー？　んー、ドラってつけるとドラゴンっぽいよね」

「そうさね」

実際、竜を表す種族や魔術にドラコ・ドラグなどの接頭語がつくものは多い。

「じゃあゴラピー！」

師匠は考える。そのような名前の動植物や魔獣は存在しなかった筈だ。新種の名前としては問題あるまい。

どことなく間の抜けた名前ではあるが。

「……まあいいかね。とりあえずあんたらの種族はゴラピーだ」

「ピキー！」

「ピー！」

二匹は両手を万歳するかのように挙げて鳴き声を発した。どうやら喜んでいるらしい。

「あたしゃそいつらの件を魔女協会に報告せにゃいかんしね。とりあえず休んでから手紙でも書くわ」

「マメーは？」

「いつも通りに薬草園の植物の手入れをしておいてくれ」

「あい！」

マメーが右手を挙げて了解の意を示せば、ゴラピーたちもまたマメーを真似ているのか右手を挙げてびしっとしたようなポーズを取る。

その身体はピタッと止まったのに頭上の双葉はその動きのせいでふわふわと揺れていた。

やはりどうにも間の抜けた生き物である。師匠はそう思いながら、小屋の奥の自室に引っ込んでいった。

魔女協会への書簡

魔女協会本部宛

大同盟歴250年、春の雷が遠方にて鳴る頃
大達人《メジャーアデプト》階梯魔女、グラニッピナ

緊急対応要請

前略。

本日、我が魔術の庵《いおり》にて預かっている幼な子、通名マメーが魔女としての長き道のりの

一歩目を歩み始めたことをここに報告いたします。

彼女に新参者《ニオファイト》の証たるメダルを渡し、まずは師たる私の前での魔力の使用を許可いたしました。

彼女の魔術の才能は準特化型植物系五つ星《ファイブスター》であり、その才は極めて危険な領域にあるのは協会もご存じの通りかと思います。今回、それの制御が師たる私自身に可能かということを試す意もあり、植物に魔力を与えて生育を促すという試行をいたしました。

対象は魔力吸収性が高く、収穫時に抜く時以外の危険性は少ないマンドラゴラを選択しました。

この際、一切の呪文の詠唱や魔術的動作、魔法陣や呪具の使用はなかったと誓います。そもそもそれらの内容を指導したり与えたことはありません。

ですが彼女は（ここで彼女の筆跡は大きく乱れ、幾度も書き直した跡がある）

ですが彼女は念じるだけで一瞬で植物を成長させ、しかも明らかな新種のマンドラゴラを作り出したのです！

それらは人間のように手足を動かすことが可能で、知覚・思考能力を有し、さらにマメーとある程度の意思疎通が可能であるようでした。

マメーの性質が善であることなどから考えて、即座の危険度は低いでしょう。しかしこれは大達人の身でありますが植物系を専門としていない私には対処しきれぬ事態となる可能性が極めて高いと考えます。

対応要員、植物系を専門とする魔女の派遣など即座の対処をお願いいたします。

草々。

追伸
先述のマメーの育成……創造したマンドラゴラですが、大達人たる私自身の見識において、また鑑定の魔術にてそれを新種と確認しています。
発見者命名の法則によりマメーに新種の命名を行わせたところゴラピーと名付けました。与えた種子は一般的なもの、マンドラゴラ・オフィシナルムであるため、ゴラピーの学名はＭ・オフィシナルム・ゴラピーとなります。
後日その性質等判明したらレポートなどお送りします。

魔女協会にて職員の会話

「なにへんな顔して手紙読んでいるの？」

「いや、大達人グラニッピナ師からの緊急ふくろう便が届いたんだけど変な内容でさ」

「ふーん、見せてよ……ええっ、緊急対応要請じゃない！」

「そうなんだけど。そうなんだけどー、続き読んでみてよ」

「ふんふん、うん、うーん？　ぷっ、何よゴラピーって」

「わからん」

「グラニッピナ師のお弟子さんって何歳だったっけ？　幼な子ってあるけど」

「えーと、八歳だね。ちゃんと新参者の階級を与えた弟子としては組合で一番若いかも」

「それがマンドラゴラの新種を、たぶんこの表記だと一瞬で創造したってこと？」

「そう書いてあるね」

「ありえなくない？」

「うん、グラニッピナ師が愚か者の日と間違えているんじゃないかなと思ってるところだ」

「どれどれ、みせてごらん？」

「あ、協会長《マジスターテンプリ》。お疲れ様です」

「お疲れ様です、こちらグラニッピナ師の書簡です」

「どれどれ……ふふ」

「いかがいたしますか？」

「いいよ、対処しないで」

「ええっ！」

「だってこれ弟子自慢でしょうよ」

「そう……でしょうか」

「見て見て弟子の魔力すごい。性格もいい。新種まで作っちゃった。って言いたいのさ、あの婆はね」

「あー、そう読めなくもない……かな？」

「可愛い弟子を見せたくて仕方ないのさ。大丈夫、あの婆はあれで大達人〝万象の魔女〟グラニッピナさ。万事上手くやるとも」

そして手紙には『申請不受理』の魔術印が捺《お》されたのであった。

第二章　ゴラピーからいいものもらっちゃいました！

少女は小屋を出ると、とことこと庭を歩く。

赤のゴラピーと黄色のゴラピーがその後をついていく。

少女が止まって振り返ると少し距離が離れている。マメーが待っていると、彼らはマメーの元まで近づいて止まる。

「えへへ」

マメーは笑みを浮かべた。

彼らはきょとんとマメーを見上げる。

マメーはなんとなく嬉しくなって、るんるんと薬草園に向かった。

「ここがわたしのはたけです！」

「ピキー！」

「ピー！」

ゴラピーたちが凄いと言うので、マメーはどやぁと平たい胸を張った。

「まあししょーのやくそうばたけを、わたしがかんりしてるんだけど」

「ピュー？」

「ピキュー？」

彼らは首を傾げる。頭上の葉っぱがふわりと揺れた。

そういうことは良くわからないのか、あるいは気にならないようだ。

「ま、いっか。わたしはししょーにたのまれたおしごとしてるから、そのへんにいてね！」

「ピキー！」

「ピー！」

ゴラピーたちはマメーに向かっていってらっしゃいと手を振った。

マメーも手を振りかえして薬草園に向かう。

この薬草園のうち、手前の四分の三ほどがマメーの任されている範囲である。奥の四分の一は師匠の管理する領域で、そちらには貴重で繊細な、魔術による管理が必要なものが植えられている。

マメー側の方が広いのは、薬効があるが一般的な、生育に魔力を必要としない植物ばかりだからだ。

マメーがまず向かったのは井戸の手押しポンプである。

「うんしょうんしょ」

マメーが体重をかけて取っ手を下げれば、だばだばと水が出て取水口のところに置かれたじょうろに水が溜まった。

マメーはじょうろを持って薬草園を回る。

「ミントさん、こっちがわにきちゃ、めーよ」

マメーはプランターの中からはみ出しそうになっているミントに声がけしつつ、水をやる。

「クレソンさんもばしょとりすぎよー？　あ、むしだ。ぽいしとくね」

沼に生えているクレソンにも声をかける。クレソンは湿地を好む植物だ。

マメーのいるあたりはまだ沼も明るいが、奥の方はいかにも陰鬱《いんうつ》で、魔女の沼地という雰囲気である。

水やりをする必要はないが、葉を食べる虫をひょいひょいと手際よく摘んでやる。沼からはげこげことカエルの鳴き声が響いた。

「げっこげっこげこかえるさん」

マメーは即興で謎の歌をうたいだした。

「むしたべるー？」

「げこげこ」

このあたりの鳥、カラスやらフクロウや、沼のカエルやらヘビやらは師匠の使い魔《ファミリア》であったりするのだ。

マメーが草の生えてないあたりに虫をぽいと捨てると、沼から灰色の頭とぎょろりとした目が覗いた。

巨大なヒキガエルである。

同年代の街の女の子達なら嫌がるかもしれない虫やカエルであるが、魔女の小屋に住むマメーにとっては同居人のようなものである。

「あ、そうだ。さっきさー。ゴラピーってゆー、わたしのおともだちができたんだけどー、それはたべないでね！」

「げこ？」

「じゃあね！」

マメーはご機嫌にその場を去った。

ゴラピーを目にしていないカエルがそれを聞いて何を思ったかは定かではない。とりあえずのそりと沼の深みから這い出して、マメーの置いていってくれた虫をぺろりとたいらげた。

「うんしょうんしょ」

マメーはその後も、とことこと薬草園を歩き回る。

井戸でじょうろに何度も水を汲みなおしては草木にかけ、ポケットから小さいハサミを取り出したかと思えば、日陰側に伸びてしまったローズマリーの枝をちょきんと剪定し、生えてきた雑草を引っこ抜く。

途中、昼だと言うのにフクロウが飛んでいった。両足の爪で丸められた手紙を掴んで飛び去っていく。師匠がどこかに手紙を送ったのであろう。

「おわった！」

マメーはばんざいした。

急いでさっきゴラピーたちと別れた薬草園の入り口に戻り、ゴラピーたちと合流する。

「おわったよ！」

「ピキー……」

「ピー……」

ゴラピーたちの返事が聞こえた。だが、どこかくぐもった声であった。

「どうしたの？」

マメーはきょろきょろと彼らを探した。大きなブナの木の根っこのあたり、まだ分解されていない落ち葉が積もっていて、その陰に彼らはいた。

彼らは二匹で一つの小さなりんごのような、真っ赤な木の実を抱えていた。

小さいといってもそれは人から見てのことである。彼らにとっては一匹では持てず、二匹で抱え上げるほどの大きな実だ。

鳴き声がくぐもった感じになったのも、背を反らせて持ち運んでいるからだろう。

「まあまあまあ、みつけてきたの？」

マメーは彼らの前でかがみ込んだ。

あんまり重そうに見えるので、マメーが支えようと実の下に手をやれば、ゴラピーたちは手を離す。

マメーの小さい手の上に、ちょうど収まるようにして木の実がポンと置かれた。

ゴラピーたちは満足そうに数歩離れた。

「……ひょっとして、くれるのかしら？」

「ピキー！」

赤いゴラピーは左手を腰に当て、右手の親指を上にして拳をマメーに向けた。

「わたしに？」

「ピー！」

黄色いゴラピーは左手を腰に当て、右手の親指を上にして拳をマメーに向けた。

「ありがとう！」

マメーが立ち上がり、木の実をほほに当てて笑えば、ゴラピーたちはばんざいするように両手をあげてぴょんとはねたのだった。

「ししょーにじまんしなきゃ！」

マメーは木の実を天に掲げてぴょんと跳んだ。

「ピキー！」

「ピー！」

ゴラピーたちもぴょんと跳んだ。そしてマメーは駆け出した。

「ししょーししょーししょー！」

ふと振り返るとゴラピーたちがいなかった。

「あれっ」

マメーがその場で足踏みしていると、ゴラピーたちがてちてちてちてちと走ってくる。

身長10㎝程度の彼らだ。走るとは言っても速度は遅い。しかも草が生えていたりすると、かき分けるようにしてしか進めないのである。

マメーは庭の小径に生えている雑草の草むしりも、今度からちゃんとしなきゃと考えた。

「ごめんね！」

「ピキー！」

「ピー！」

マメーが声を掛ければ、ゴラピーたちはマメーを見上げて機嫌良さそうに鳴く。怒ってはいないようだ。

「いくよー！」

マメーは逸る気持ちを抑え、その場で上下に跳ねるようなスキップをしながら歩く。

ゴラピーたちも機嫌良さげにてちてちと歩いた。

そして小屋へと戻る。

貰《もら》った木の実を茶色のローブの袖の中にしまい、小屋の入り口で靴についた泥を交互に落とせば、彼らも真似をしているのか、手で足を払った。

そういえばどういうわけかゴラピーたちは汚れた様子がないなとマメーは思った。そもそも土の中から現れたにしては綺麗なものである。

ともあれバタン、と入り口を開ける。

「ししょーししょーししょー！」

マメーは元気よく師匠を呼んだ。

「なんだい！　いるよ！　入っといで！」

奥の部屋の扉の向こうから返事がきた。

魔術やその素材には繊細なものや危険なものも多いし、暴発することもある。返事がなかったり入ることを許可されない場合は、用があっても決して入ってきてはいけないと、耳にたこができるほど言われてきた。

今は大丈夫なようだ。

「あい！　いくよ！　ししょーししょーししょー！」

「ピキー！」

「ピー！」

一人と二匹は奥の部屋へと駆けていった。

部屋では、師匠が机の上でごりごりと薬草を薬研《やげん》ですりつぶしていた。

薬研の中からは、ギエエェと何やら悲鳴のようなものが聞こえてくる。

師匠は手を止めることなくマメーに顔を向けて言った。

「なんだいマメー、うるさいねえ。仕事は終わったのかい？」

「ばっちりだよ！　ね、ね、それよりね！」

マメーはごそごそとローブの袖の中を漁った。

「みてみてみて！」

「なんだいなんだい」

師匠の目の前でマメーは木の実を取り出した。

「じゃーん！　おしごとしているあいだにゴラピーたちがひろってくれたの！」

何の変哲もなさそうな赤い木の実である。りんごというには少し小さいだろうか。姫りんごや、食用に改良されていない野生のりんごのような実だ。

師匠はマメーの手の中を一瞥《いちべつ》し、特に何の感慨もなくこう言った。

「へえ、良かったじゃないか」

「えへへー」

マメーはにこにこと笑った。

師匠は足元のゴラピーたちの方を見下ろす。

「あんたたち、主人のところに食べ物を捧げるんだねえ」

「ピキー！」

「ピー！」

彼らは鳴きながら、はい、というように師匠に向けて右手を挙げた。

「とうぜんだっていってるよ」

「ふーん、ハチやアリみたいな習性があるのかねえ。植物素体にしては珍しいもんだ」

師匠は首を傾げる。例えばハチを使い魔とすると、主人のところに蜜を捧げてくれるようなことがある。

それを生業とする魔女の一族もいるほどで、馬鹿みたいな高額でそのハチミツは取引されているし、師匠もマメーには秘密でこっそり食べているが実際うまい。

ただ、マメーのゴラピーはマンドラゴラが素体、つまり植物であるのは明らかであり、こうして食べ物を持ってくるような性質があるとは思っていなかったのだ。

「まあいいや。マメー、好きにお食べよ」

「あい！　それでね、ししょー」

話は終わりで製薬に戻ろうと思ったのに、マメーの話は続くようである。

「なんだい」

「これってなんのみかな？　みたことないんだけど」

師匠の顔色が変わった。

一般の植物に関してマメーがこのような質問をしてくることはない。それは知識としてこのあたりの植生については師匠が全て教えていることもある。さらに言えば五つ星《ファイブスター》という彼女の植物系魔術の素質なら、『植物自身が自らのことを教えてくれる』からだ。

つまりこれは普通の植物ではない。

「動くんじゃないよ！」

師匠は流れるような手つきで壁に立てかけていた杖を手にすると、その先端をマメーの手の上に向けた。

「〈鑑定〉！」

魔術の光が木の実を包む。

「何じゃそりゃあ！」

そして今日三度目となる師匠の叫び声が小屋に響いた。

「そいつは魔力の実じゃあないか！」

「まりょくのみー？」

「ピキュー？」

「ピュー？」

マメーは聞いたことがないものだった。マメーが首をかしげれば、ゴラピーたちも同じ方向に頭を傾け、頭上の二枚の葉っぱがふわりと揺れる。師匠はうなずき、簡潔に答えた。

「ああ、食べればほんの僅《わず》かだが魔力容量を増やす実だよ」

「へえ、すごいの？」

「まあ一つ食べたからと言って劇的に変わるようなもんじゃあないがね。だがとても、とっても貴重なものだ」

マメーはかがんでゴラピーたちに手を差し伸べた。彼らは首を傾げる。

「おいで」

マメーがそう言えば、彼らはよいちょとその手の上に乗った。マメーはくすぐったさにくすくすと笑いながらうんしょとゴラピーたちを持ち上げて机の上に乗せる。

ゴラピーたちは見える景色が変わったためか周囲をきょろきょろと見渡した。

マメーは彼らに言う。

「すごいんだって！」

マメーはばんざいした。

「ピキー！」

「ピー！」

ゴラピーたちはふんすと胸を張った。

「ちなみに魔女の長とか、ある国の王族とか、あとは教会もか。こいつをバカみたいに高い値で買い取っているよ」

「へえ、ししょーはこれをそだてたりしないの？」

師匠は顔をしかめた。

「そりゃ育てられるならそうするがね。そいつは無理な話なんだよ」

「どーして？」

「こいつはね、魔力の木があって、それに生った実ってわけじゃないんだ。この実、何に見える？」

師匠は丁寧な手つきで布を机の上に広げると、そっと実をその上に置いた。

マメーはじっとそれを横から見つめる。

「ふつーにりんごにみえる」

「そう、りんごさ。魔力がたまたまその実に集まったのか妖精のいたずらか。理由は知らないけど普通のりんごの木の一つの実だけがそうなったのさ。だからもちろん、いつもりんごが魔力の実になるって訳じゃあない。オレンジかもしれないし、キノコだったりしたこともあるねえ。それは誰にもわからないし、だから貴重なのさ」

実際、猛毒キノコであるタマゴテングタケが魔力の実になっていたのを師匠は見つけたことがある。もちろん魔女なので食べてから自分に解毒の魔術を使った。

「へえ、そんなきちょーならうったほうがよいの？」

「ピキー……」

「ピー……」

マメーがそう言ったら、ゴラピーたちは悲しげな声で鳴いた。頭の上の葉っぱがしょぼんと垂れている。

くかか、と師匠は笑って言う。

「こいつらはあんたに実を食べてほしいみたいだねえ」

「そうなの？」

マメーが問えば彼らは葉っぱをゆらゆらと縦に揺らす。

マメーは実を布できゅっきゅと磨くと、あーんと口を開けてかぶりついた。

しゃくり、と爽やかな音がした。

しゃくしゃくもぐもぐとしてごくりと飲み込む。

「おいしい！」

マメーがそう言えば、ゴラピーたちはぴょんと跳んだ。

「ピキー！」

「ピー！」

マメーはしゃくしゃくと実を食べる。体の中の魔力が溜まる、お腹の下の方がぽかぽかとしてきた気がする。

「ごちそうさま！　おいしかった！」

マメーは元気よくそう言った。

ゴラピーたちから返事がない。だが彼らの葉っぱが鈍く光っている。

「なっ……」

「なあに？　どうしたの？」

師匠は初めて見る現象に警戒し杖を構えたが、マメーは無警戒に彼らに手を伸ばした。

師匠から見てマメーとゴラピーたちの間には何らかの魔術的な繋がりが明らかにある。あの変な鳴き声で意思疎通がはかれているのもそうだ。危険な現象ではないと本能的に分かっているのであろう。

ぽん、と光と共に軽い音が鳴った。

「ピキー！」

「ピー！」

ゴラピーたちは鳴き声を上げてぴょんと飛び跳ねた。

「わあ、かわいい！」

彼らの葉っぱが赤い花に変化していたのだ。

「ししょー、あかいおはながさいたわ！」

「……そうだねえ」

師匠は杖を下ろしながら答えた。もはや驚き疲れた様子である。

なぜさっきまで葉っぱだったものが一瞬で花になるのか。さっぱりわからない。

師匠はため息を一つついた。

「やれやれ、あたしゃ魔法薬の作製に戻るよ。その間は本でも読んでおきな」

「あい！」

「この後はちょいと繊細な作業になるから二時間くらいは出られない。邪魔するんじゃあないよ」

師匠の素質は万能系三つ星《スリースター》、つまりあらゆる魔術を扱うことができる才を有するが、特に魔法薬の製作について熟達している。同じ魔女どうしを含め、色々なところから魔法薬の作成を依頼されているのだった。そのため部屋にこもって作業することも多く、何時間も放置されるのはマメーにとってても慣れたものである。

「あい、ししょーがんばって！」

「ピキー！」

「ピー！」

マメーがそういえば、ゴラピーたちも師匠に向けてぶんぶんと手を振った。頭の上の花も同じようにゆらゆらと揺れる。

「はいよ、ありがとうね」

マメーは机の上のゴラピーたちを抱きかかえて部屋を出ていった。

第三章　もりのおうちに、おきゃくさんがやってきました！

マメーは奥の師匠の部屋から、小屋の玄関のある部屋へと戻ると、机の上に羽根ペンや本、紙片などを置き、ゴラピーたちも抱き上げて卓上にのせる。そして椅子に腰かけて足をぶらぶらさせながら、マメーは紙に書かれた文章を読み上げ始めた。

「えーっと、ひとつのはちにたねを5こ、うえるとします。100このたねをうえるのにひつようなはちのかずはいくつですか？　……5が2つで10でー、10が10あると100だから、2が10こで20かな。こたえは20こ」

「ピキー！」

「ピー！」

机にのせていたゴラピーたちが跳ねながらすごーいと褒めたので、マメーはえへへと笑った。

「つぎの5にんのうちだれかひとりがうそをついています。ジョン『わたしは10じにはねていた』

トム『ぼくはさくばん……』んー。こたえ、はんにんはヤス」

「ピキー！」

「ピー！」

マメーが解いているのは、師匠が用意してくれている自習勉強のための問題集である。

ちなみにマメーは黙読ができない。声に出して音読しないと文章が読めないのだ。とはいえ、この世界・時代における識字率、特に平民においては極めて低い。それを考えれば、まだ八歳である彼女が文章を読み、思考できるというのは素晴らしい学力であった。

「しょくぶつけいまじゅちゅの、〈ねむりのいばら〉をおぼえるためのぜんてーとなる、まじゅちゅをしらべること……えーと」

「ピキュー？」

「ピュー？」

マメーが首を傾げれば、ゴラピーたちも首を傾げ、頭の上の赤い花もふわりと揺れる。マメーは師匠お手製の魔術の教本をひっくり返して読み始めた。

計算や論理的思考、魔術的知識、薬草学……。雑多だが重要な知識が師匠から指導されているのであった。

「うーんうーん……」

マメーはいっしょうけんめい考える。

師匠はなんだってちゃんと教えてくれる。だがもちろん師匠とて暇なわけではなく、こうして留守番しながら自習したりすることも多いのだ。

とはいえ、留守番についてはこんな森の中の小さなあばら屋に人がやってくるようなことはほとんどなかった。危険な魔物の棲む森に用もなく足を踏み入れる愚か者は少ないし、そこに古くから住み続ける魔女は、森よりもさらに恐れられているからだ。

——コンコン。

「ふぇ？」

しかし扉につけられたノッカーがこんこんという音を立てた。

その日は珍しく来客があったのである。

「はぁい！」

マメーはぴょんと椅子から飛び降りると、とてとてと玄関の方へと向かった。

ゴラピーたちはマメーについていこうとし、卓の端であわあわと落ちそうになって慌てている。

「ここでかくれてて」

マメーが一度、卓に戻ってそう伝えると、ゴラピーたちはうんしょうんしょと本を広げて立てて、その後ろに隠れた。

「はいはい、いまいきます」

マメーは再び玄関に向かって、とてとて走った。扉は開けず、入り口で尋ねる。

「どなた？」

わざわざこんな辺鄙《へんぴ》な森の中のあばら屋までやってくる客である。警戒は怠ってはいけないよと師匠から言われているのだった。

問いかけへの返事は扉のずいぶんと上の方から聞こえた。

「はい、私はルイス・ナイアント。サポロニア王国の銀翼獅子《シルバーグリフィン》騎士団の者です」

落ち着いた男性の声だった。しかも初めて聞く声だ。マメーはどきどき緊張しながら答えた。

「マメーはマメーです！　ぐりふぃんしってます！」

「……それは素晴らしいですね」

えへへ、ほめられたとマメーは笑う。ルイスを名乗る男は言葉を続けた。

「マメー、ここは偉大なる魔女、グラニッピナ師の工房で間違いないでしょうか？」

グラニッピナって誰だっけとマメーは一瞬思って首を傾げたが、すぐに思い出した。

「あい、ここはグラニッピナししょーのおうちです！」

「私はあなたのお師匠様の薬を求めてやってきたのですが、入れていただけませんか？」

マメーは入り口脇の水晶をちらりと確認した。特に何事もなく透明なそれは部屋の明かりを受けてきらきらしている。

実はこれには師匠により嘘発見の魔術が仕込まれていて、来客が嘘の名前を名乗ったりすると赤く光るのだ。

「いいですよ、ちょっとまってください」

マメーはかんぬきを外し、扉をうんしょと開ける。もちろんここは魔女の小屋である。この扉も簡素な木の扉に見えて、侵入者を弾く魔術などがいくつもかかっているのだ。

扉を開けたマメーの目の前には立派なぴかぴかの銀色が映った。それはどうやら鎧《よろい》の腰の辺りであるようだった。左腕の脇には兜《かぶと》を抱えている。

マメーがのけぞってしまうほど見上げると、扉のてっぺんのあたりに金色の髪が見える。

ルイスと名乗った男はマメーの前で片膝をついた。

整った顔がマメーと同じ高さまでおりてきて、空のように澄んだ碧眼がマメーを正面から見据えた。

「こんにちは、偉大なる魔女の弟子、マメー」

マメーは大人の男性からこんな丁寧な挨拶を受けたことはなかった。マメーは嬉しくなって胸に手を当てて挨拶した。

「こんにちは、ナイアントきょー。まじょのおうちへようこそ。なんのごようでしょうか?」

「ルイスでいいですよ。マメー」

この少女が魔女の弟子であると言うなら、王国の身分制度の外側にある存在である。卿と敬称をつけて呼ぶ必要はないのだ。

もちろんそんなことを抜きにしても子供相手というのもあるが。

「あい、ルイスはなにしにきましたか?」

マメーは遠慮なく名前で呼んだ。

「マメーのお師匠のグラニッピナ師の魔法薬を求めてきたんだ。お師匠はご在宅、えーと、おうちにいますか?」

マメーの知る限り、ここに来るお客さんの半分は師匠と同じ魔女かその使い魔である。そしてそうじゃない半分のうちほとんどは、師匠の薬を求めてやってくるのだった。

「あい！　でもいまは、てのはなせないおしごとのさいちゅうなのです！」

マメーは正直に答えた。

「それでは外で待っていても良いでしょうか？」

騎士は礼儀正しくそう尋ねた。

だがマメーはぷるぷると首を横に振る。

「なかでまっててください！」

マメーは師匠から、変なのがきたら居留守にしておけとか、追い返していいと言われている。だが彼は礼儀正しくて良さそうだとマメーは判断した。

「いいのかい？」

マメーはこくりと頷いた。

「いらしゃいませ！」

マメーはルイスを中へ招くと、先にとてとてと部屋へ戻り、かまどへと向かった。

「おちゃいれてくるから、すわってまってて！」

そう言われたルイスはきょろきょろと興味深げに部屋を見渡す。

普通の村の民家のような素朴な部屋ではある。魔女的な要素は入り口付近の水晶や、棚の飾りに魔術的な紋様が見て取れる程度だ。

「あなたにいっぱーい、わたしにいっぱーい、ポットにいっぱーい」

かまどの方からは調子はずれで陽気なマメーの歌が聞こえてくる。

だがルイスが警戒を解くことはない。外から見える小屋の大きさと中の広さが合っていない。確かに外から見た小屋はこの部屋よりは大きいだろう。

しかしこの部屋以外に師匠の仕事部屋があることがマメーの口ぶりからわかる。さらに言えばこの部屋には寝床もない。

それらが別の部屋にあるとしたら、この小屋は空間が捻じ曲げられ、拡張されているということだ。

ルイスはグラニッピナという魔女の実力の一端を感じていた。

「では座らせてもらうよ」

卓も椅子も、装飾こそないが鎧を着た彼が座ってもきしまない上等なものだ。卓の上には彼女が今まで読み書きをしていたのだろうか。羽根ペンやインク、魔法に関する本などが無造作に置かれている。

勝手に見て良いものでもないだろうし、魔女の呪いなどかけられても困る。

開きっぱなしの本もあるので、彼はその文字など読まぬよう、そっと本を脇にどかした。

「ピキー……?」

「ピー……?」

まさか本の下に何か隠れてるとは当然思ってなかった訳である。

「うわぁ!?」

驚いたルイスは悲鳴じみた叫び声をあげた。

「ピキー!?」

「ピー!?」

声に驚いたゴラピーたちは悲鳴じみた鳴き声をあげて卓の上を逃げ回った。

「あっ、ゴラピーかくしてるのわすれてた！」

そしてマメーはかまどの前で叫んだのだった。

ゴラピーなる名の赤と黄色の生き物は卓の上をあっちへうろうろ、こっちへうろうろと逃げ回り、卓の端っこで落ちそうになっては戻ってきて、またルイスを見てぴゃっと跳ねる。

「……妖精か？」

ルイスは呟いた。

彼の見ている前でゴラピーたちは本を二匹がかりで持ち上げて立てかけ、その後ろに身を隠した。

身体は隠れたが、頭の上からひょろりと伸びた茎のようなものと、その先に咲いている赤い花は全く隠れていない。

本の表紙の上で二つの花がふりふりと揺れている。

そもそもここに隠れているとわかる形で隠れる意味はあるのだろうか。

「くくっ……」

思わずルイスの口から笑みが漏れた。

「ピキー……？」

赤いゴラピーが本の脇からおそるおそるといった様子で顔を覗かせ、ルイスの方を見上げている。

「ピー！」

黄色いゴラピーは、かまどから戻って様子を見に来たマメーの方へ走っていった。

「はいはい、ごめんねぇ」

マメーは黄色いゴラピーを抱きかかえる。

「ピキー！」

その様子を見て赤いゴラピーもマメーの元へと走っていった。

ぱたり、と支える者のいなくなった本が倒れる。

「ふふ、それはあなたの使い魔の妖精ですか？」

ルイスが笑みを残しながら尋ねるので、マメーもゴラピーたちをかかえてにっこりと笑って答えた。

「しんしゅのマンドラゴラのゴラピーです！」

「ピキー！」

「ピー！」

ゴラピーたちはそうだよとでもいうように頷くと、マメーの腕の中でルイスに向けてちっちゃな手をふりふり振った。

ルイスはお辞儀を返す。

「ほう、新種のマンドラゴラですか……」

到底マンドラゴラには見えなかったため、ルイスは曖昧にそう答えるにとどめた。

しかしマメーがあまりにも自信満々に言うので、そういうものかという気もしてくるのである。

「ゴラピー、ルイスはきっとよいきしさまよ？　しんぱいしないでだいじょうぶ」

「ピキー？」

ほんとに？　とでもいいたいのだろう。赤いゴラピーがそう鳴きながらルイスを見上げてくるので、ゆっくりと胸に手を当てて言った。

「ああ、私は君たちに危害を加えるようなことはないとも」

ルイスがそう言えばゴラピーたちはよちよちとマメーの腕の中から卓の上へと降り立った。

「じゃあおちゃいれてくるね！」

「ピー！」

黄色いゴラピーがかまどへと向かうマメーに手を振った。

「さて……」

ルイスはゴラピーたちを驚かせないよう、大きな音を立てないように気をつけながら荷物の袋や兜を足元の床に置き、甲冑《かっちゅう》の小手も外してその隣に置いていく。

「ピキ」

「ピ」

ゴラピーたちは意思疎通でもはかっているのか短く鳴くと、机の上の本に手をかけた。

うんしょうんしょと本を持ち上げると卓の端に積み上げ、ペンを持ち上げてペン立てにさし、ガラスの蓋を持ち上げてインク壺に蓋をする。

「ピキー！」

「ピー！」

そして卓上が片づけば一仕事終えたという様子で汗を拭うような仕草を見せて元気よく鳴く。

家事の手伝いをする妖精といえばブラウニーなどが有名だが、マンドラゴラにそのような習性があるのだろうか？　ルイスは疑問に思うが、彼らがこちらを見ているので声をかけてみた。

「見事なものですね」

そう言えば彼らは小さな胸をふんすと張る。

「どうしたの？」

マメーがカップとティーポットを載せた盆を持ってやってきた。

「彼らの片付けの腕前を称賛していたのです」

マメーは散らかしっぱなしでいたことに気づいて、あ。と口を丸くした。

「ゴラピーありがとうね！」

「ピキー！」

「ピー！」

頭の上の花がふりふり揺れている。まるで犬が主人に褒められて喜んで尾を振っているようだとルイスは思った。

マメーはうんしょと卓の上に盆を置き、お茶を用意する。

「そちゃですが」

「ありがとう」

ルイスは茶を口に運ぶ。

渋っ……！　ルイスの眉間に皺がよった。

さっき茶を淹れている途中でマメーがこちらに来ているからだ。茶葉がポットの中にいた時間が長すぎる。

「よ、良い風味ですね」

「ありがとうございます」

そう言ってマメーもお茶を口に運んだ。

「あばぁ」

そしてすぐに口の端からお茶をこぼす。

「しぶーい！」

ふふ、と笑いながらルイスは荷袋から布を取り出すとマメーに差し出した。

マメーはぷるぷると首を振る。

「こんなきれいな、しろいぬのはつかえないわ！　しみになっちゃう」

マメーが遠慮するので、ルイスは、失礼。と声を掛けると手を伸ばして布でマメーの顔を拭った。

「もう！　……ありがとうございます」

マメーはお礼を言った。

マメーはお茶を淹れ直すべく立ちあがろうとしたが、ルイスはそれを留めた。

「それよりもお話をしてもらえないかい？」

ルイスはここにグラニッピナ師の薬を求めに来たのだ。彼女は気難しい人物であるという。であれば今のうちに弟子であるという少女と仲良くなっておくのは大切だと考えた。

「あい！　なにをおはなししましょうか？」

またマメーにとってもルイスは良いお客さまである。その求めに応じるのは当然とも言えた。

師匠の薬はちょう高いとマメーは知っている。それを求めにこんな森の奥までくるような客は当然大半が金持ちであり、マメーのような童女が対応すればそれだけで不機嫌になるような者も多い。

そして後で師匠に叩き出されているのだ。

「マメーはグラニッピナ師のお弟子さんとしてどんなことをしているんだい？」

「おべんきょーです！　それとおにわでまほーをつかわないでもそだつやくそうをそだてています！」

「ピキー！」

「ピー！」

ゴラピーたちがすごいすごいとマメーに向けてばんざいした。

ルイスも驚いたような顔をしてみせる。

「すごいね！　どんな植物を育てているんだい？」

マメーは指折り数えながら言う。

「ミントとかローズマリーとかー、ラベンダーとかオピウムポピーとかー、モンクスフードとかクレソンとかー……」

「む……」

「どうかした？」

ルイスが唸ればマメーが首を傾げる。

今、サポロニア王国では非合法とされる植物の名前があった。だが魔女の領域は不可侵であり、法の外側にある。そして麻薬や毒薬に使われるようなものにも薬の成分があるのだろうとルイスは考える。

そのことには触れず、別のことを尋ねることにした。

「クレソンなんて料理の付け合わせじゃないのかい？」

肉料理の付け合わせにしばしば添えられているあれである。

「おにくたくさんたべておなかいっぱいなのに、クレソンたべたらまだおにくたべられるなあっておもったことなぁい？」

「ピキー！」

ゴラピーが無いよと返事をし、マメーは吹き出した。それはもちろん食べたことは無いだろう。

騎士は答えた。

「確かにあるな」

「クレソンにはそのままでもしょくよくぞーしん？　のこうかがあるの。おくすりにすればせきどめとか、いたみどめにもなるのよ」

「本当かい？」

「ええ、クレソンのはっぱをつかった、しっぷをつくるおてつだいしたことあるわ」

なるほど、この少女は幼く舌足らずではあるが、薬草学に関しては流石は魔女の弟子と言うべきか、でたらめを言っているのではなくきちんとした知識があるようにルイスは感じた。

「マメーすごいねぇ」

「えへへぇ」

ルイスが褒めればマメーはぐねぐねしながら笑う。

「マメーはグラニッピナ師のお孫さんだったりするのかい？」

「ううん、ちがうよー」

「じゃあいつごろ弟子入りしたのかな？」

「んっとねー、3ねんまえかなー」

ふむ、とルイスは考える。そんなに幼い頃から魔女としての才能を見出されたのかと。

「それまではどこに住んでいたんだい？」

「えっとー……」

今まで機嫌良く会話をしていたマメーは、そこで初めて回答に困ったように口篭った。

その時である。

「なんだい賑やかだねえ！」

奥の扉がばんと音を立てて開き、老婆が部屋にやってきたのだ。

製薬に魔術を使っていたのか彼女の手には長い杖が握られたままである。それで床をこつこつと叩きながら卓に近づいてくる。

「あ、ししょー」

マメーが振り返ってそう言えば、ルイスは席から立ち上がって挨拶をした。

「初めまして、グラニッピナ師。私はサポロニアン王国は銀翼獅子騎士団所属のルイス・ナイアントと申します」

胸に手を当て、腰を折るぴしりとした礼に対し、師匠はひらひらと片手を振って鼻を鳴らすことで答えた。

「ふん、かたっ苦しいのは嫌いだよ。マメーが招いたってことは客なんだろう？」

「はい、師の薬を求めて参りました」

マメーが気を許して中に入れているのだ。それも初対面の者と同卓しているのだから、この騎士の性質は悪くないのだろうと師匠は判断する。

「座んな」

ルイスに着席を促し、彼女自身もどっこらしょと椅子に腰掛ける。そして卓の上を見て笑った。

「茶も飲まず、ずいぶんと話が弾んでいたようじゃないか」

卓の上には手がつけられずに冷めた紅茶が置かれている。

マメーは肩を落とし、しょんもりした。

「おちゃいれるのしっぱいしちゃった……」

そう言えばゴラピーたちはマメーにかけより、卓の上に置かれていたマメーの手を撫でるような仕草を見せる。

「ピキー……」

「ピー……」

どうやら彼らなりに慰めているようだ。

「ふん、飲む前に気づくんだね。どうみても色が濃すぎるだろうが」

ふう、とため息をついて師匠は杖で床をこん、とひとつ打った。

そして呪言を一つ唱えれば彼女の杖から魔力が放出される。マメーの顔がぱあっと明るくなった。

「〈騒霊〉」

マメーは師匠のこの術式が楽しげで大好きなのだ。

卓上の二つのティーカップが浮かび上がったかと思うとそれは空中でひっくり返される。しかしその中身はぶちまけられることなく、空中で澄んだ紅茶色の球を作って浮いた。

「わあ」

「ピキー！」

「ピー！」

マメーが喜びの声をあげる。ゴラピーたちも目を見開いて水球を見つめた。

かまどの方からはミルク瓶が飛んできて、中身が水球に注がれる。球が大きくなり、マーブルのように色が濁って灰色がかっていく。

卓上の砂糖壺も浮き上がり、中にあった純白の砂糖をきらきらと何杯も振りかけた。

製薬をしていた奥の部屋の扉が開き、いくつかの粉が水球の中に飛び込んでいった。鼻をくすぐるのはジンジャーやシナモン、香辛料の香りだ。

水球の表面がぶるぶると揺れる。火にかけてもいないのに水球が沸騰《ふっとう》しているのだ。ぽこぽこと水球から泡がでていく。

「なんと……」

思わず感嘆の声がルイスの口から漏れた。

濾《こ》し網がかまどから飛んでくる。宙にとどまった網に、水球は火の輪くぐりのように飛び込んだ。

網には香辛料や茶葉のくずが引っかかっていた。

いつの間にか卓上のカップは三つに増えていて、水球はそれぞれにおさまると、ぽかぽかと湯気をあげた。

冷めた紅茶があたたかいチャイに変わっていた。

「お飲み」

「わぁい」

師匠が杖を壁に立てかければ、マメーは喜びの声をあげてカップに口をつけた。

「あまーい」

師匠もまたカップを手にする。

「本当は茶葉の段階から煮出すんだけどね。こいつで我慢しておくれ」

師匠はルイスにそう言って茶を飲み始めた。

「いただきます」

ルイスもカップを手に取った。香辛料の複雑な香りが鼻腔を刺激する。そして一口飲んでほっと息をついた。

「美味しいです」

「そうかい」

それにしても何という魔法の腕前か、とルイスは思う。

彼も王国の騎士であるから、宮廷魔術師や戦場魔術師に知己がおり行動を共にしたこともある。だから〈騒霊〉という呪文くらいは知っている。いわゆるポルターガイストといわれるもので、念動、つまりは念じるだけで物を動かす術式の一種であると。

しかしああも自在に物を動かすことができるとは見たことも聞いたこともない。それに水球を加熱する術式なども同時に発動していたようだが、ルイスにはそれを知覚することもできなかった。つまり、これはもし戦いになれば彼女はルイスに気づかれることすらなく、彼を倒せる可能性があるということである。

「すごいものですね、魔女というものは。いえ、その中でも大達人《メジャーアデプト》という方は」

ルイスは魔女の使う魔法と、そうでない魔術師のそれでは格が違うと話には聞いていた。しかし、その一端をこうも容易く見せられることになるとは思っていなかったのだ。

師匠はじろりとルイスの碧眼を見つめた。どうやらそれはおべっかではなく本心からの感心であるようだ。

「ふん、多少は魔術の知識があるらしい」

「私は魔術を使えませんが、宮廷には魔術師もおりますので」

ふん、と師匠は鼻を鳴らした。マメーはお茶のカップから顔を上げて問う。

「ししょーはおしろのまほうつかいよりもすごいの？」

「ええ、ずっと」

ルイスは肯定する。

「むふー」

「ピキー」

「ピー」

マメーとゴラピーたちは自慢げに胸を張った。

「魔女ってのは魔術師なんかよりずっと数が少ないけどね。魔力の扱いには長けているのさ」

師匠はそこまで言ってにやりと笑みを浮かべた。

「マメーだってこんなところで婆の弟子なんかになっとらんで魔術師になりゃずっと儲かるし、ちやほやされるよ？」

マメーはぷるぷると首を横に振った。

「どしてそういうことというの。マメーはししょーのでし！」

「ピキーピキー!!」

「ピーピー!!」

ゴラピーたちも不平をあらわにする。

「ふん、そうかい悪かったねえ。あんたはあたしの弟子だ」

「ん」

マメーは満足そうに頷くと、再びお茶を口にした。

くくく、とルイスの抑えきれない笑みが響く。

「なぁに笑ってんのさ」

「いや、失礼。仲がよろしいなと」

けほん、と咳払いを一つし、ルイスは頭を下げた。

「グラニッピナ師、調薬の依頼をさせていただきたい」

ふむ、と師匠は唇を歪めるように笑った。

「ルイス・ナイアント、銀翼獅子騎士団、副団長ともあろうものが直々にこんな辺鄙な婆のあばら屋に買い物に来るとはよほどのことかい？」

「ふくだんちょー」

「ご存じなので？」

ルイスは驚きを顔に浮かべる。師匠は首を横に振って、枯れ枝のような指を胸に向けた。

「あたしゃあの辺の国がエッゾニアだった頃までしか知らんがね。だいたいどの国でも紋章のその紋様は副団長を示すのを覚えていただけだよ」

ルイスは顔には見せないものの内心では驚愕していた。その言葉が真であるとすれば、少なくともこの老婆は優に百年以上は生きているということになる。

「なるほど、ご慧眼《けいがん》で。ただ、私が参ったのはこの迷いの森を一人で抜けられる腕前の者が少ないというのもありますが」

魔女グラニッピナは大勢で押しかけられるのを好まぬという話も聞いていた。それ故にルイスは一人でここまでやってきたのだ。

気難しい魔女の機嫌を損ねぬように。断られる可能性を少しでも減らすために。

ふん、と鼻を鳴らして師匠は先を促す。

「それで？　あたしに何をさせようってんだい？」

「は、これは内密の話にしていただきたいのですが、我が国の姫、ルナ王女殿下が病を発症されました。それを王宮の医師や薬師、魔術師に診せましたところ彼らの手には負えぬということで、これは高名なグラニッピナ師にお縋《すが》りするしかと」

師匠は手をひらひらとさせる。

「おべっかは結構だよ。まあ言いたいことはわかった」

「お受けいただけますでしょうか？」

「それに答える前に一つ聞きたいんだがねぇ。あんたの国の医師やらに診せてってことはそれなりに時間がかかっているはずだ。その何とかって姫さんの病気、すぐに死ぬようなものではないね？」

「……はい」

ルイスの顔に苦渋が浮かんだ。実際に命に別状があるわけではない。ただ、これを肯定してしまうとルナ王女の病気を見てもらえなくなるのではないかという不安からだ。

マメーもなんとなくその雰囲気から察するものがあったのか師匠に尋ねた。

「おひめさまたすけてあげないの？」

「ピキー？」

「ピー？」

ゴラピーたちも卓の上をてこてこ駆けて、師匠の袖のはしっこを掴むと、上目遣いに問いかけるような視線を送った。

ルイスは思う。いいぞもっとやれと。この魔女、気難しいと言われているが弟子たちにはだいぶ甘いと見た。

師匠はごほんと咳払いを一つ。

「いや？　そういう訳でもないがね。だがまあ、ちょいとばかし間の悪いことにあたしも今、薬を作っている途中だからね。希少な素材をふんだんに使ってるそいつを放り投げてって訳にもいかないのさ」

「つまりその後なら受けていただけると」

国王からは直ちに薬を貰うか招聘《しょうへい》せよと言われているし、金で解決できるならとかなりの金も預かっている。

だがここでそれを出せば機嫌を損ねるだろうとルイスは感じた。

「あんたの姫さんはそれで問題ないのかい？　一月も待たせるようなことにゃならんと思うが。で、なんて病気、あるいは症状なんだい」

「ルナ王女殿下のご病気はですね……」

ルイスは言い淀《よど》んだ。

「頭から角が生えているんです」

「つの？」

マメーは首を緩く傾げた。

「鹿の」

「しかさんかわいい！」

「ピキー！」

「ピー！」

マメーはばんざいした。ゴラピーたちもそれにならって両手をあげる。

「これ、困っているんだから喜んじゃいけないよ」

師匠が窘《たしな》めれば、マメーは素直にルイスに頭を下げた。

「あい、ごめんなさい」

「ピキー」

「ピー」

ルイスは頷きそれを許す。

「いえ、ルナ王女殿下も御歳九つ。確かに我々から見ても可愛らしい。ですが、王女殿下がそれでは表にも出られないのもまた事実なのです」

「そいつが病だか呪いだかは会ってもいないんだし分からんけどね。どちらにせよそれら獣化の進行を抑える薬なら取り置きがある。ルイス、あんたそれを持っていきな。んでまた来ると良い」

師匠はそう提案した。

ルイスは感謝して、薬を大事そうに受け取って小屋を後にしたのだった。

◇

「まあ、とりあえず依頼はできたし成功か」

ルイスは森を歩きながらひとりごちる。

彼の右手には剣。それも血に濡れていた。先ほど襲いかかってきた頭が二つある蛇を斬ったためだ。

迷いの森と呼ばれるこの森は危険な動植物、魔物が数多住んでいることで有名である。ルイスも数度の襲撃を受けていた。

「陛下が何と仰るかはわからないが……」

サポロニアン王国の国王は特に無理難題を臣下や民に要求するような方ではない。ただ、愛する姫殿下のご病気を誰も治せないので焦ってはおられる。ルイスはそう判断している。

必ずや薬を貰ってくるか本人を招聘するようにと命じられていたが、それは叶わなかった。

ルイスは腰に左手を当てる。

「この薬が陛下や姫の御心を安んじられれば良いが」

そこにはグラニッピナ師より預かった、呪いや病魔の進行を抑えるという薬が大切に仕舞い込まれている。

もちろん落とすような不注意を働いてはいない。だが魔物などに襲われて動いた後は必ず確認している。

「それにしても……」

ふふ、とルイスの顔に笑みが浮かぶ。面白く可愛らしい少女であった。

ルイスはマメーとその使い魔、ゴラピーのことを思う。彼女が魔女の弟子としてあの小屋でくるくると楽しい表情を浮かべているのはルイスにとって幸いであったと言わざるを得ない。

森の中の魔女の伝承はたくさん聞いている。どれも気難しく、難解な言い回しを好み、難題を要求する。

だがこうもすんなりと話が通ったのはマメーのおかげで魔女の性格が丸くなったのではと思うのだ。

「抜けた……か」

深く暗い森の木立の合間から強い陽光が差し込んできた。森の端に戻ってきたのだ。

「ピエエエェェェーーーー！」

森の側の村に預けてあった彼のグリフィンであるオースチンの鳴き声が響いた。

まだ遠くにあってもルイスの帰還に気づいたのであろう。

それから程なくしてルイスが森の外に出れば、村と森の間にある牧草地で、オースチンがばっさばっさと翼を広げて喜びをあらわにしていた。

その嘴《くちばし》から伸びる手綱には一人の女の子がしがみつくようにして、オースチンが走り出したり飛び出したりしないよう抑えている。

「オースチン、ただいま！　それと連れてきてくれてありがとう、娘さん！」

連れてきたというか連れ出されたというか。手綱を握っているのは確かオースチンを預けた村長のところの娘さんだったはずだ。

「ドロテアですわ！　ナイアント様！」

十歳ほどの娘である。だが、村長の娘だけあって多少裕福な生活をしているためか、同年代の農民の少女より少し背も高くふっくらとしていた。

ルイスは彼女から手綱を受け取る。

「よーしよしよし」

「ピグルルゥウエェエエ！」

片手でオースチンの首元をガシガシと撫でてやれば彼は機嫌の良さそうな鳴き声をあげた。

「いやあ、ドロテアさん。こんな大きな生き物の世話は大変だったろう。ありがとうな」

少女はつんと鼻を高くして答える。

「お安いご用ですわ。それより騎士様、魔女様のところはいかがでしたか？　お願いは聞いてもらえたのです？」

二人は歩き、話しながら村へと戻る。

ルイスに休む暇はない。この後は村長にグリフィンを預かってもらったことの挨拶をし、また少ししたら戻ってくる旨を伝えてすぐにオースチンに跨り、城へと戻らねばならないのだ。

ただ、ここで少しゆっくりと牧草地を歩むくらいは構うまい。

「そうだねぇ……」

とは言え王命に関わるところの話はできないのである。薬の話などはぼやかして、迷いの森での冒険やらを話してあげれば少女はきゃっきゃと喜んで聞いていた。

「魔女殿の小屋にはお弟子さんがいてね」

「お弟子さんですか」

「君よりも少し小さな、かわいい女の子の魔女見習いさんだったよ」

びくり、とドロテアが身を竦ませて足を止める。

数歩先に進んだところでルイスもそれに気づき、足を止めた。

「どうかした？」

「い、いいえ。そんな森の深くで暮らしていることを想像したら恐ろしくて足が動かなくなってしまいましたわ」

「そうだよね、ごめんね、気が利かなくて」

ルイスはオースチンの手綱を握るのとは逆の手でドロテアの手を取った。

「それで、その女の子はどんな子でしたか？　なんという名なのですか？」

ドロテアは立て続けに尋ねた。

ルイスはやはり女の子だから他の女の子のこととか気になるのかなあと考えた。名前は魔女の名を言って呪われたりしないのかわからないので伝えなかったが、その他のことは答えていった。

「うん、特徴的な緑色の髪の女の子でね。瞳の色は君と似た琥珀色だね……」

そして村に辿り着き、ルイスはドロテアと別れ、彼女の父である村長に挨拶しに行った。

だから彼は知らない。

「エミリア……生きていたの」

少女が憎々しげにそう呟いたことを。

◇

ルイスが帰っていったので、マメーは卓の上のカップを片付けていく。

「ピキー」

「ピー」

ゴラピーたちも器を持ち上げようとするが、師匠の乾いた指がそれをとめる。

「割れ物を運ぶのはおやめ」

「うん、わたしがやるからだいじょぶよー」

マメーはさっとそれらを水場へと持っていった。

師匠はゴラピーをじっと見る。頭上の花を引き寄せ、中のつくりを観察したり、目のそばで手を振ってみたり。

「ピキー？」

「ピー？」

彼らは特に抵抗するような様子もなく、されるがままである。

「花の構造はどっちかっつーとりんごに似ているさね。さっき食べていた魔力の実がりんごだったからかい？　マンドラゴラの花の構造も混ざっているのかねぇ？」

ちゃっちゃと洗い物を済ませてマメーが戻ってくる。

「ししょーはゴラピーたちになにかごよう？」

「いや、用なんてないさ。ただ、新種のマンドラゴラってんなら色々調べておかんとねえってだけさ」

「そうだね」

「本当は薬効とか調べるのに刻みたいんだがねえ」

「ピキー!?」

「ピー!?」

ゴラピーたちは卓の上を走って逃げていった。

「ひっひっひ」

「もう！　ししょー！　ゴラピーこわがらせちゃめーよ！」

師匠は笑い、マメーは咎める。

師匠はマメーの頭をぽんぽんと叩いた。

「うんにゃ、あたしゃやらんがね。だが珍しい生き物を捕まえようとする悪い奴はいる」

「うん……」

「魔女たちもさ。捕まえて実験しようって奴ばかりだろうさ」

「うーん……うん」

マメーは今までに会ったことのある魔女たちを思い浮かべて、そんな気がすると頷いた。

「ピキー……！」

「ピー……！」

二匹は身を寄せ合ってぶるぶると震え出した。

「だいじょぶよ。そういうのにはちゃんと、め！　するから」

ゴラピーたちはマメーに抱きつくとぶんぶんと頷いた。

師匠はマメーに声を掛ける。

「さて、ちょいと魔法の続きでも見てやるとするかねえ」

「ししょー、おくすりつくりはおわったの？」

師匠は首を横に振る。

「作業の続きが夜にならんとできんのよ。満月の光を当てながら練り合わせるって手順があってねぇ」

「たいへん」

「まあね。魔法薬は面倒よ」

師匠は肩をこきこきと鳴らすような動きをとる。

「おつかれ？」

「いや、今はそうでもない。明日は疲れて昼に寝てるかもしれんがね」

「あい」

「ブリギットのやつは面倒な薬ばっかり作らせるよ」

マメーはぴょんと椅子の上でお尻を跳ねさせて右手を挙げた。

「ブリギットししょー！」

「そうさな」

「ウニーちゃんのおししょー！」

ブリギットもまた魔女であり、ウニーという弟子を抱えている。ウニーもまた魔女界隈では珍しい子供で、マメーの友人なのであった。

「おくすりできたらブリギットししょーもくるかな？」

「取りに来るって言ってたねぇ」

「ウニーちゃんもくるかな!?」

「連れてくるんじゃないかねえ」

マメーはぴょんぴょんと跳ねた。師匠は笑う。

「ウニーに魔法が使えるようになったところを見せておやり」

「うん、まほうつかえるようになってウニーちゃんおどろかせる！」

「ピキー！」

「ピー！」

マメーが気合を入れればゴラピーたちもぴょんと跳ねた。

師匠はゴラピーたちに視線をやる。

「……そうさね」

こいつら見せればそれだけで驚くとは思うが、まあせっかく気合が入っているのだ。水を差す必要もあるまい。

さて、と師匠は杖を取って一振りした。四角い鉢植えが飛んでくる。それはすぽりとマメーの手に収まった。

「はちうえ……ミント！」

「そうさね」

植木鉢には緑色の葉っぱがもさもさと生えていた。マメーの言う通り、ミントの葉っぱが清涼感のある匂いを漂わせている。

「ピキー？」

「ピー？」

マメーが卓に鉢植えを置けば、ゴラピーたちも興味あるのか鉢植えを覗き込むようにしてミントを見た。

「さっきマンドラゴラに魔力を通せただろ？　まあそいつらになった訳だが」

「うん」

「魔力は回復しているかい？」

「うーん、まりょくへったかんじしない」

師匠は溜息を一つ。一応、魔法を使い始めだから魔力が枯渇しないようにこうやって時間を空けているのだが、五つ星《ファイブスター》ともなればそんなものかとも思う。

「それならいいさね。今度は魔法植物ではない普通の植物に魔力を通せるかやってみなっていう話だ」

「うん」

「ミントはよく育つ植物だが、さすがに単純に魔力を流しただけじゃあダメだ。〈豊穣〉とか〈繁茂〉といった魔術にしてやらにゃならん」

「まほーしょくぶつじゃないから」

「そうさね」

というわけで師匠はマメーが学んでいた植物成長の術式を正しく詠唱できるか確認した。

「よし、じゃあやってみな」

「あい」

師匠はマメーに見習い用の小さな杖を渡した。マメーは杖を持って慎重にその先端をミントの鉢植えに向けて振りながら、高らかに詠唱した。

「〈しょくぶちゅーせいちょう〉！」

魔法の光がミントの鉢植えに向かう。

ぽん！　ぽん！　と音がした。

「ピキー！」

ゴラピーたちの頭上の花がたくさんに増え、あじさいのような玉になっていた。

マメーは叫んだ。

「かわいい！」

師匠は叫んだ。

「なんじゃそりゃぁ！」

「ピキー！」

「ピー！」

卓の上でゴラピーたちはご機嫌そうに、てちてち歩こうとして頭の上の花が増えて重いのかふらふらとバランスを崩した。

「あぶないよ」

マメーが指を差し出せば、二匹はそれに掴まって、頭の上の花をゆらゆらと揺らす。

花が増えたからか甘い匂いがマメーの鼻をくすぐった。

「解せないねえ……」

「げせぬ……」

師匠が呟き、マメーもなんとなくそれを繰り返した。ちなみに意味はよくわかってない。

「さっきこいつらの構造を見たけど、花が増えるようなつくりはしてなかったんだがねえ」

「まほーしょくぶちゅだから」

「ピキー」

「ピー」

マメーが言えば、二匹はどやぁと胸を張った。

「絶対そういう問題じゃないんだがねえ」

師匠の声音には諦念が強い。彼女の知る魔法や魔法生物の常識にこの生き物は当てはまらないのだろうという諦めである。例えば竜やグリフィンは、その翼であれだけの巨体を浮かせることはできない。魔力によって飛翔しているのである。それでも翼はしっかりと強靭な筋肉で支えられているのだ。ゴラピーの頭の花のように、その数が簡単に増えたりするのは、魔法生物といえども非常識であった。

師匠の見る前で、ゴラピーたちはマメーに向かってピキピキピーピーと何やら訴えかけている。マメーはそれにふんふんと頷いていたかと思うと、師匠に断りを入れて、とてとて台所へと向かった。戻ってきた時に持ってきたのはガラスのコップである。

「ししょー、これきれいにして?」

「ふむ? ……〈浄化〉」

マメーが持ってきた段階でグラスはぴかぴかと綺麗に輝いていた。それをわざわざ綺麗にしろと言うということは、製薬などで使う状態にしろということだろうと師匠は判断したのであり、魔法を使って目に見えないような汚れ、雑菌などを消し去った。

「ありがと、ししょー。はい」

マメーはそれを卓の上に置く。

「ピキキキキ……」

「ピピピピピ……」

するとゴラピーたちがそれに近づき、グラスのへりを掴むとその上で頭上の花を揺らし始めた。

「何してるんだいこいつらは……」

花を振っていれば甘い匂いが強く漂う。

「ピキキキキキ……!」

「ピピピピピピ……!」

頭を振る速度が速くなった。グラスのへりにしがみつくようになりながら、腰を頭を花をぶんぶんとスイングする。

そしてマメーたちが見ている前で花からとろりとろりと蜜が垂れてきた。

「わぁ」

「ふむ……？」

まるで蜂蜜のような、赤みを帯びた黄金の液体がコップの底に溜まっていく。マメーの爪の先っちょほどの僅かな量、それでも花から採れたにしてはずいぶん多い量の液体がコップの底でとろりと煌めいた。

「ピキー」

「ピー」

二匹はやりきったぜ！　というような表情で額の汗を拭うような仕草をとる。もちろん汗などかいてはいないが。

「あ、おはなが……」

二匹の頭上の花が散っていく。

散った花は光の粒子となって跡形もなく消えた。茎の先端には再び二枚の葉っぱのみが残っている。

「まあ魔力の具現化としか考えられんよなぁ」

師匠は呟いた。通常の植物の生態とは明らかに異なる花だ。先ほどのマメーの植物成長の魔力をゴラピーらが持っていき、その魔力の一部が頭上の花を形成していたのだろう。

どういう意味があるのかはわからないが。

「ピキーピキーピキー」

「ピーピー」

「うんうん、わかった」

ゴラピーたちとマメーは再び何やら意思疎通をはかっている。

マメーはコップを指差しながら師匠に振り向いた。

「ししょーししょー」

「何さね」

「ゴラピーたちがこれししょーにあげる、だって」

「ふむ？」

師匠は首を傾げる。さっき彼らが拾ってきた魔力の実のように、主たるマメーのために奉仕して蜜を捧げるのではないのかと。

「んっとね、すてきなまほーをマメーにおしえてくれたおれいだって」

「ピキー」

「ピー」

ゴラピーたちはうんうんと頷いてみせる。

なるほど、と師匠は思う。植物を育成させる魔法は彼らにとってはそれだけの価値があるということなのだろうと。

それにしても小さい植物であるはずの彼らがそこまで理解しているのも不思議なことではあるが。

「それとこれあげるから、からだきざまないでって」

「ピキピキピキ」

「ピーピーピー」

ゴラピーたちはがくがくと激しく頷いた。

師匠はふふと笑みを浮かべた。

「うひょひょ、ありがとうよ。万象の魔女たるあたしの名にかけてあんたたちの体は刻まないし、他の者にも刻ませないと誓おうじゃないか」

師匠は誓いの言葉を述べた。マメーもにっこりと笑ってゴラピーたちに声をかける。

「よかったね、ゴラピー」

「ピキー！」

「ピー！」

彼らはわあいと跳び上がった。

師匠はグラスを手に取ると椅子から立ち上がる。

「ではこいつはいただいていこう。ああそうだマメー。あたしゃ夕飯はいらないから勝手に食べとくきな。そいじゃね」

「あい、がんばってねししょー」

「ピキー」

「ピー」

マメーとゴラピーたちは師匠に向かって手を振った。

師匠は喜びに踊るような足取りで、グラスを掲げて部屋に戻っていった。

年老いてなお研究熱心な魔女である彼女にとって、新しい魔術の素材はいつだって大歓迎なのである。

マメーは夕飯を作る。師匠はしばしば薬作りや魔術の儀式、研究で一緒に食事をとれないことがあるのだ。一人でご飯を食べたり、一人で寝たりするのは慣れたものである。

マメーは台所に連れてきたゴラピーたちに師匠の仕事について説明する。

「ししょーはいそがしい」

「ピキー」

「ピー」

師匠があらかじめ作っておいてくれたミートローフがオーブンの中に入っている。保温の魔法が使われているから、一昨日作ったものだがほかほかと湯気をあげていた。

マメーはそれを包丁でスライスして皿にのせる。

とうもろこしや豆、カットされたにんじんなどの付け合わせもお玉でミートローフの隣に盛った。

「きょうのおくすりはまんげつのひかりをあてなきゃいけないとか。まじゅちゅぎしきはおほしさまがちゃんとしてないとダメとか。むずかしい」

「ピキー」

「ピー」

高度な儀式は単に呪文を唱え・身振りをすれば良いというものではない。魔法陣を描き、贄を用意するなどの準備をした上で星辰《おほしさま》が揃って《ちゃんとして》ないと使えないものもあるのだ。

「ゴラピーたちはなんかたべる？」

ゴラピーたちはぷるぷると首を横に振った。そして赤いゴラピーがちっちゃな指で水がめを差した。

「ピキー」

「おみずだけほしい」

「ピー！」

マメーがそう言えば黄色いゴラピーがその通りとぴょんと跳ねた。

マメーは焼いてあるまんまるなパンを温めなおして、壺に入っているやはり温かいシチューを皿に入れ、ミートローフと一緒に卓に持っていった。

水はボウルに入れて卓に運ぶ。

「ごはんできた！」

「ピキー！」

「ピー！」

「あるかなのかみさま、きょうのごはんをありがとうございます！」

マメーは両手をぱちんと合わせて秘儀《アルカナ》の神々への雑な食前の祈りとした。

ミートローフにフォークをずんっと突き刺して口に運び、あむあむと噛み締める。素朴な料理ではあるが、一般的な平民よりもずいぶんと良いものを食べさせてもらっている。少なくともマメーがここに来るより前、こんなにおいしいものを食べさせてもらうことはなかった。

マメーはシチューをスプーンでひとさじ口に運んで言う。

「おいしい！」

「ピキー！」

「ピー！」

ゴラピーたちはわあいと喜びの声を上げると、よいちょとボウルのへりを乗り越え、ボウルの水に身を浸した。

「ピキ～」

「ピ～」

くつろいだ表情で気の抜けた声を出す。

「ふふ、おふろはいってるみたい」

マメーは楽しかった。森の奥で師匠と二人ぼっちの暮らしである。師匠は優しいがこうして食事時にもお仕事をしていることは多い。

来客は珍しいし、共に食卓を囲む機会はさらに少ない。同年代の子など当然いない。師匠の使い魔たちは彼女にとってもお友達であるが、家の中に住んでいるのはいない。

寂しくないかと言えばやはり寂しいのである。ゴラピーたちは彼女にとってとても嬉しい存在であった。

「ねっこからみずをすってるの？」

「ピキ」

「ひりょうとかはいらない？」

「ピー」

「そっか、まりょくか」

マメーが魔力を得てそれをゴラピーたちに分け与えるというのが、マメーの魔法なのだ。説明されたわけではないがマメーはそれがこの現象だと理解していた。

「ごちそーさまでした」

「ピキー」

「ピー」

お話ししながら楽しい食事を終え、マメーがそう言えばゴラピーたちはよいしょとボウルから外に出てきた。濡れた足跡で卓が濡れるので、マメーは布巾で水気を取ってやった。

「ふあぁぁ～」

マメーがあくびをする。

「なんかもうねむい……」

「ピキー」

「ピー」

ゴラピーたちもうーんと手を上に伸びをした。

普段マメーが寝るのはもうちょっと遅い。ただ、今日マメーは初めて魔力を使用したのである。

魔力が不足しているわけではないが、まだ不慣れなマメーにとって、これが疲労感となってあらわれているのだ。

「はやくねよ……」

ゴラピーたちもうんうんと頷く。

マメーはちゃっちゃとお皿を洗って、しゃこしゃこと歯を磨いた。

「ゴラピーたちはどうやってねるの？　おふとんはいる？」

「ピキー！」

「ピー！」

マメーが問い掛ければゴラピーたちはぶんぶんと首を横に振って床に降りたがった。

マメーが彼らを抱き上げておろしてやると、彼らはてちてちと床の隅の方に走っていく。

そこには昼に師匠が持ってきた、ゴラピーたちが生まれた植木鉢が転がっていた。

「ピキー！」

「ピー！」

ゴラピーたちはうんしょと植木鉢を持ち上げようとするが、さすがに重すぎるのか持ち上がらない。ぺちぺちとその側面を叩いてマメーを見上げた。

「これ？」

マメーが植木鉢のそばに屈んでゴラピーたちを持ち上げると、彼らは自分が生まれた方の植木鉢の土の上に降り立った。

「ピキー！」

「ピー！」

元気よく土にあいた穴、彼らが出てきたところに潜り込んでいく。

そして土に埋まって首から上だけ出した状態で、これでよしとでもいいたげに満足そうにひと鳴きした。

「ピキ」

「ピ」

マメーはその様子にあははと笑うと、うんしょと鉢植えを抱え、とことこ歩いて自室へと戻る。

ベッドサイドの机の上に鉢植えを置いてマメーは言う。

「おやすみ、ゴラピー」

「ピキー」

「ピー」

こうしてマメーとゴラピーの一日は終わったのだった。

第四章　ウニーちゃんたちがやってきました！

ぱちり、とマメーは目を開いた。窓の板の隙間がぼうっと白く光っている。

「……あさ」

むくりとマメーは起き上がった。くしくしと片手で顔の目のあたりをこする。

ベッドから降りると、暗い部屋の中を慣れた様子でぺたぺたと歩き、窓の方へ。

「よいしょ」

跳ね上げ式の、窓の木板をがたんと上げる。部屋に朝の爽やかな陽射しと空気が入ってきた。

つっかえ棒で窓の木板を固定して、いつも通りに明るくなった部屋を見る。

「……えへへ」

いつもと変わらぬ部屋、ではない。ベッド脇の机の上に師匠から貰った見習い魔女のメダルと、赤と黄色の二つの植木鉢が置かれているのだ。それらの土からは緑の双葉がぴょん、と元気よく天に伸びていた。

昨日生まれた新種のマンドラゴラ、ゴラピーである。それを見てマメーは笑みを浮かべたのだった。

とてて、と鉢植えの方にかけよる。

「うーん。ゴラピー、まだねてるのかな」

マメーはそっと葉っぱに手を当てる。お芋を抜くように茎を引っ張れば、すぽんと抜けて出てくるような気もしたが、それもなんか痛そうな気がする。

植物であっても人型であるから、頭の上の茎を引っ張られるのは髪の毛を引っ張られるような気がしてしまうのだ。

「うーんと、しょくぶつをおこすんだから……そうだ！」

マメーは鉢植えを抱えると、窓の方に持っていって葉っぱに光を当てた。

「よし」

マメーは植物に光が当たると起きてくる、元気になるのを知っているのだ。

マメーがその場から離れ、寝巻きから見習い魔女のローブに着替えていると、はたしてすぐに鳴き声がした。

「ピキー！」

「ピー！」

マメーがそちらをみれば、ゴラピーたちは土の中からぽこんと上半身を出し、空に向かって小さな両腕を上げて、うーんと伸びをしていた。

「おはよ、ゴラピー」

「ピキー！」

「ピー！」

マメーが近寄り、かがみ込んで声をかければ、二匹は土の中から足を引っこ抜いてマメーのほうに向き直ると、揃った動きでぶんぶんと右手を振った。

「げんき？」

そう尋ねるとゴラピーたちはうんうんと頷いた。マメーはにっこり笑って言った。

「それじゃいこっか」

マメーがそう声を掛ければゴラピーたちはぴょんと植木鉢から飛び降りて、てちてちとマメーの足元で歩き出す。マメーは彼らにぶつからないように、そっと部屋の扉を開けた。

マメーは台所に行って水瓶から水を汲み出してばしゃばしゃ顔を洗い、口をすすぐ。

ゴラピーたちは水に手をつけてふぃーっと息をつくような仕草をしていた。水を飲んでいるのかなとマメーは思う。

彼らが満足したのか水から離れるのを待って、入り口のところの部屋に向かった。

「ししょーおはよー！」

「ピキー！」

「ピー！」

部屋に入ると師匠が椅子に座ってお茶を飲んでいた。匂いからして薬草茶だ。香りは良いが、マメーには苦くてあんまり好きじゃない味のやつである。

師匠はゆっくりと手を上げて挨拶に答えた。

「ああ、おはよう」

「きらきらいっぱい！」

マメーは叫んだ。

卓の上、師匠の手元にはいくつもの宝石があったのだ。それといくつかの液体が入った瓶が。それらは朝日を浴びてきらきらと煌めいていた。

「えっとー、ルビー！　ダイヤモンド！　すいしょー！　それとー……」

マメーが一つずつ宝石の名を呼ぶ。白っぽいけど虹色に光る石の名前はなんだっけ。マメーがそう思っていると師匠が答えた。

「こいつはオパールさね、ホワイトオパール」

「オパール！」

そうだったそうだった。マメーは頷いて、黄緑色に輝く宝石を指差す。

「これが……クソリベラル！」

「クリソベリルな！」

魔術には輝石・宝石がしばしば使われる。石には魔力が宿るからだ。師匠はたくさんの宝石を持っているし、マメーも石の勉強をしているが、植物とは違ってこちらはまだまだである。

「むじゅかちい……」

マメーがそう言うと、下から鳴き声がした。

「ピキー！」

赤いゴラピーは卓の脚にしがみついていた。卓の上に登りたいようだ。

「ピー！」

黄色いゴラピーはマメーを見上げて両手を挙げた。抱っこを求めているように。

「あいあい」

どうやら二匹とも卓上が気になる様子だ。マメーはゴラピーたちを順に抱き上げると、卓の上に載せてやった。

「ピキー」

「ピー」

ゴラピーたちは感謝の声を上げると、てちてちと宝石のほうに近寄っていく。

品定めでもするかのように、じっと自分たちの頭ほどの大きさもある宝石を覗き込み始めた。

「きらきらたのしい？」

マメーが問えば、ゴラピーたちはこくこくと頷いた。

宝石をぺちぺち叩いたり、顔の高さに持ち上げたりする。師匠も何をしているのか気になるのか、特に口を挟むこともなく、彼らの様子を眺めていた。

「ピキー！」

「ピー！」

二匹は揃って同じ石を指差した。それはオパールであった。

「そうかい、それが気に入ったのかい」

ゴラピーたちは頷く。

「ふん、じゃあそれはあんたらにやるよ」

師匠は笑みを浮かべた。ゴラピーたちはやったあというようにぴょんと跳ねると二匹がかりでオパールを頭上に持ち上げる。

マメーはびっくりして言った。

「ししょーのきまえがいい！」

「こいつらからはずいぶんと良いものを頂いちまったからねえ」

「よいもの……あっ、きのうのゴラピーのはなのみつ！」

マメーの言葉に師匠は頷いた。昨日の夜、ゴラピーたちは頭上に咲いた花から採取した蜜を師匠に渡していたのだ。あげたといえばそれしかないであろう。

ゴラピーたちはふふんと自慢げに胸をそらす。

「おいしかった？」

「おいしさの問題じゃないさね……」

大体おいしいジュースのお礼であったら、オパールなんかの宝石と釣り合うはずもないだろう。

卓の上をえっほえっほ、てちてちとゴラピーたちはオパールを掲げてマメーの前に運ぶ。

「ピキー！」

「ピー！」

ゴラピーたちはマメーにきらきら光る宝石を差し出した。

「えっと、くれるの？」

こくこくと彼らは頷く。

「これはあなたたちがししょーからもらったのよ？」

ぷるぷると彼らは首を横に振った。ちょんとマメーはオパールを摘み上げるように受け取る。

「えっと、おへやにかざるからみんなでみようね」

「ピキー！」

「ピー！」

それで納得されたようだ。

彼らの話が終わるのを待って師匠はゴラピーに問う。

「なあ、あんたたち。あの蜜がほぼ純粋な魔力溶液だって分かって渡したのかい？」

「ピキー？」

「ピー？」

「まりょくよーえきー？」

一人と二匹は揃って首を傾げる。

師匠は卓の上の瓶を手にした。

「魔力の源である魔素ってのは世界中に遍《あまね》く存在する。空気の中にも、水や土の中にもね。ただ、それだけでは密度が薄すぎて普通はなんにもおきやしない」

マメーは、はいっ！　と手を上げた。

「まじょやまじゅちゅちはそれをからだのなかにあつめてまりょくにして、それをほーしゅつしてまほーをつかいます！」

魔力や魔術師についての基礎となる知識だった。師匠は頷く。

「そうさね。それが基本だ。だが、人体じゃなく物質に魔力を貯められる方法もある」

「えーっと、あっ、はい！　まりょくけっしょー！」

そう言いながらマメーは卓の上の宝石を指差した。師匠は頷き、そして手にした瓶を軽く振る。

豪華で精緻な装飾と保存の魔法が付与された瓶にコップ一杯くらいの液体が込められている。

「そう、魔力結晶と言われる固体に魔力を込めたのと、魔力溶液と言われる液体に魔力を込めたやつだ。あたしが薬作るのにやってるだろ」

「まりょくぽーよん！」

「魔力ポーションな、ポーション」

「ぽーよん！」

ポーションとはもとは小分けにされた液体を意味する言葉であるが、魔術の込められた液状の薬を示す言葉として使われる。

魔力ポーションはその中でも魔術師や魔女たちの間で最も多く使われるものであり、使った魔力を回復する薬であるのだ。

「このゴラピーたちのくれた蜜は、今朝の明け方ごろに調べたが、魔力回復比率で言えば最高級の魔力ポーションに匹敵したってことさ。量こそ少なかったがね」

「つまり……どういうこと？」

「今こいつらが持っていったオパール、それも魔力結晶なんだがね。それよりも価値があったってことさ。だから別にあたしの気前が良くなった訳じゃないよ。なんならまだ足りないくらいだ」

魔女にとって宝石とはどれだけ魔力を蓄えられるかによってその価値が決まるのである。石の美しさや希少性などは二の次であった。師匠が宝石を広げていたのは、ゴラピーのくれた蜜の容量と手持ちの宝石の魔力量を比較していたのである。

マメーはばんざいしながらゴラピーに言った。

「ゴラピーすごいって！」

「ピキ～」

「ピ～」

彼らは再びふふんと胸をはった。師匠は溜息をつく。

「ほんと、あれ舐めたときは思わず『なんじゃそりゃあ！』って叫んじまったよ」

「えー、ききたかったなー」

「ふん、あんまりばばあを驚かすんじゃないよ。うっかりぽっくりいっちまったらどうすんのさ」

全くぽっくりいくようには思えない、かくしゃくとしたばばあであった。

師匠は宝石を無造作に袋にしまうと、どっこいしょと立ち上がる。

「ま、足りない分はマメーに美味い飯でも作ってやって払うとするかね。なんか食いたいのはあるかい？」

「なんでもいいの⁉」

「材料がありゃあな」

「パンケーキ！　ししょーのすごいパンケーキたべたい！」

マメーは椅子に座ったままぴょんぴょんとお尻を浮かせて言った。

「はいはい、すごいパンケーキな」

師匠は竈の方へ向かい、〈騒霊〉の魔術に二枚の分厚いパンケーキを焼かせ、自分はベリーを煮詰めて甘いソースにする。

そして〈虚空庫〉の魔術で保管しているアイスクリームをぽんとパンケーキの上に置いて、上からたっぷりとベリーのソースをかけてやったのだった。

ちなみにアイスクリームを作るには氷点下20度以下に温度を下げる必要がある。春にこの地でアイスクリームを食べるには、大規模な氷室を用意するか、魔術を使わねばなるまい。王侯貴族や大商人、あるいは魔術師本人でなければ食べられない甘味である。

実際これはすごいパンケーキなのであった。

「わーい、ししょーのすごいパンケーキ!」

マメーは歓声を上げながらパンケーキを食べたのだった。

「ごちそーさまでした!　すごいパンケーキすごくおいしかった!」

マメーがパンケーキをぺろりとたいらげると師匠はうなずき言った。

「はいよ、そりゃー良かった。ま、あたしゃ寝るよ」

師匠はふあぁと大きなあくびを一つ。

「ししょーおねむ?」

「そりゃそうさ。まだ寝てないからね」

昨晩は満月だった。満月の光は特別な魔力がある。人狼だって変身するのだ、もちろん魔女にとっても重要である。

魔術儀式などには最適で、師匠はその光を集めて薬を作っていた。

そして満月が西の空の低くに傾いてからゴラピーの蜜について調べはじめ、結局は朝、マメーたちが起きてくるまでここにいたということだ。

「なんかやっとくことあるー?」

「洗い物して植物の世話、それと勉強。いつもどおりさね」

「はーい、ししょーおやすみー」

「ピキー」

「ピー」

マメーとゴラピーたちはぶんぶんと手を振った。師匠も軽く手を上げて部屋から寝室へと向かったのだった。

マメーはもらったオパールをポケットに入れ、パンケーキを食べたお皿と自分と師匠のコップを台所へ持っていく。

「ピキー」

「ピー」

ゴラピーたちもそちらに行きたいようだ。両手をあげて抱っこをせがむ仕草をとるので、抱きかかえてとことこ歩く。

マメーは流し台の上にゴラピーたちを置き、お皿やフライパンを前にして、黒っぽい皮を一枚採った。

「ピキー?」

それなあに、と赤いゴラピーが問う。

「これはねー、ソープベリーのみのかわ。これをこうしてー」

マメーは手にした皮を水につけて揉んだ。するとすぐにぬるぬるとし始め、さらに揉んでいると白い泡がもこもこと出てきた。

「ピー！」

黄色いゴラピーはびっくりした、と両手を上げた。

ソープベリーとはムクロジのことである。ムクロジの実の皮にはサポニンという成分が含まれていて、石鹸として使われるのだ。

「これをー、ヘチマのスポンジでー。あわあわ、ごしごし」

マメーはごしごしとお皿を洗い始めた。

ここにあるヘチマのスポンジもヤシの繊維のタワシも、植物を利用した道具である。ヤシなどもっと南の植物は師匠がマメーを育て始めるより前に世界を旅して買い求めたものであるし、ソープベリーのように師匠が魔術で改良したものもある。普通のソープベリーではこんなにきれいに泡立たないのだ。

「ピキー！」

「ピー！」

ゴラピーたちは泡が楽しいのか、ちっちゃい手にすくい取ってふわふわと持ち上げて遊んでいた。

洗い物をおえると、一人と二匹は外に出た。深い深い森の奥にぽっかりとひらけた土地である。

「じゃーいこー」

「ピキー！」

「ピー！」

ゴラピーたちはマメーの言葉に、おーと手をあげた。マメーが庭を歩き出せば、その後ろについてとことこ歩き出す。今日はまだ朝も早く、師匠も寝てしまっているから時間がある。マメーはゴラピーたちが草をかき分けるようにして歩いているところの、道ばたの草を抜きながら歩くことにした。

チュリチュリと鳥の鳴き声がきこえる。

「コックロビンさんおはよーさん」

チュリチュリと鳴き声が返ってきた。コックロビン、つまりコマドリである。

マメーがきょろきょろとあたりを見渡せば、胸元が赤い灰茶色の鳥が、エサを探しにか地面の上をぴょんぴょん跳ねていた。ゴラピーよりは一回り大きいくらいの小鳥である。

「ちゅりーちゅりーちゅるるるるー」

「ピキーピッピキー」

「ピーピピー」

マメーがコマドリの鳴き声を真似ればゴラピーたちも真似ているのか声を出した。全く似ていないそれにマメーは笑い声をあげ、コマドリはびくりと振り返って、こちらをまじまじと見た。

そもそもコマドリはあまり人に対する警戒心のない鳥である。特にここは森の中で、人といえば基本的にマメーと師匠しかいないし、二人はコマドリを捕まえたりしないので、なおのこと人を恐れない。

コマドリがこっちを見て何をしているかというと、マメーが草を引っこ抜いているので、掘り起こされた土のなかから出てきた虫を食べようとしているのである。

マメーとゴラピーが小道から薬草園へととことこ移動すれば、コマドリはマメーが草を抜いていた場所へとぱたぱた移動した。

「じゃあマメーはみずやりとかしているから、ゴラピーたちはきのうみたいにそのへんにいてね！」

「ピキー！」

「ピー！」

ゴラピーたちはマメーにいってらっしゃいと手を振り、彼女も振り返して作業に向かう。

昨日のように手押しポンプをうんしょうんしょと押して水を汲んで、じょうろを持って一回りしていると、ゴラピーたちがうんちょうんちょと白っぽい玉を運んでいるのとすれ違った。

「ピキー」

「ピー」

「あ、ゴラピーそれはなあに？」

二匹ははいっとマメーに玉を差し出す。マメーが受け取ったそれは白くて丸くて硬く、ちょっとあたたかかった。

「ゴラピー、これコックロビンさんのたまごじゃない？」

「ピキー」

「ピー」

　ゴラピーたちはうんうんと頷くので、マメーはめっと声を出した。

「ゴラピー、たまごはだめよ。もどしてこなきゃ」

「ピキー……」

「ピー……」

　ゴラピーたちがしょんもり悲しい声をあげるので、マメーは二匹を抱き上げた。

「ゴラピーたちがわたしにいろいろもってきてくれるのはうれしいの、ほんとうよ。でもあかちゃんをとりあげたらかわいそうだわ。すはどこかな？」

　マメーはゴラピーの指す方に向かった。

「コックロビンさんはどこかなー」

「ピキー」

　マメーが問えばあっちだよと赤いゴラピーが指ししめす。

　マメーはとことこそちらに歩いていく。

「ピー」

　ちょっと行ったところで、黄色いゴラピーが通り過ぎたよと鳴いた。

　マメーはきょろきょろとあたりを見渡した。

　チュリーチュチュチュとコマドリの鳴き声が聞こえるが、巣は見つからない。彼らも見つかりづらく安全な場所に巣を作るのである。

マメーがゴラピーたちを地面におろすと、彼らは片手でマメーのローブの裾をちょいちょいと引きながら、逆の手で茂みの方を示した。

「このなか？」

マメーはかがみ込んでそっと茂みをかき分ける。

暗がりの中に赤い喉の鳥が見えた。コマドリが巣に座っているのだ。

マメーが手を差し出すと警戒するようにチュルリと鳴く。

「ちゅりーちゅりーちゅるるるー、こわくないよー」

マメーは鳴き真似をしながらそう言うがダメである。〈動物使役〉などの魔術が使える魔女なら別であるが、マメーはその手の魔術を学んだこともないのだ。

コマドリはくちばしをカチッと鳴らしながらマメーの指を突こうとするような素振りを見せた。

「ピキー！」

赤いゴラピーは卵をかしてと両手を広げた。

「あなたがやるの？」

「ピー！」

黄色いゴラピーもうんうんと頷く。

そもそもゴラピーたちが巣から卵を持ってこられたのだ。戻すこともできるのではないだろうか。

マメーはそう思い、赤いゴラピーに卵を渡す。

「がんばって」

「ピキ」

「ピ」

彼らはそう言うと、黄色いゴラピーはコマドリの正面に、赤いゴラピーは茂みの中、コマドリの後ろに回り込んでいく。

「ピーピピー」

黄色いゴラピーはコマドリの真似、というかコマドリを真似するマメーの真似を始める。

コマドリは警戒心を露わにしているが、だんだんとその視線が一点に集まり始めた。

ふりふり。チュリー。

ふりふりふりふり。チュルリ。

ゴラピーが頭の上の、茎から伸びる葉っぱを左右に振っているのである。

コマドリがそれにくちばしを伸ばせば、ゴラピーはさっと頭を上げてくちばしを避けた。

ふりふり。

そしてまた葉っぱを左右にゆらゆらと動かす。

チュリ。

思わずといった様子で巣から身を乗り出して、葉っぱをついばもうとした隙に、巣の後ろに隠れていた赤いゴラピーがささっと巣の中に白い卵を置いた。

「ピキー！」

「ピー！」

赤いゴラピーの合図に、二匹のゴラピーたちはわあっとコマドリから逃げてマメーの方に戻ってきた。

「ゴラピーおつかれさま」

マメーは二匹を抱き上げて、労うようにゆらゆらと揺れた。

「ピキ〜」

「ピ〜」

「でもたまごはめーよ」

ゴラピーたちは頷いた。

「そういえばなんでたまごもってきたの？」

マメーの問いかけにゴラピーたちは説明する。

「ピキー」

「わたしがコックロビンさんのはなししてたし？」

「ピー」

「そのたまごのなかでいちばんつよそーだった？」

ふーん、とマメーは考えた。卵を見て強そうと思ったことはないなあ。

「どうしてつよそうなのかしら？」

「ピキー」

「ピー」

ゴラピーたちの話によると、卵の中であれが一番魔力が多かったというのである。

ここは魔女の庵であり、この土地は師匠の魔力に満ちている。それが動植物に影響を与えることがある。昨日の魔力の実もそうだし、沼のでっかいカエルもじつはそうなのだ。

師匠が横にいればそのあたりのことを説明してくれたかもしれないし、なんでゴラピーたちは卵の魔力の大小を見ただけで判別できるのだ！　と驚いたかもしれない。だが師匠はこの場にいないので、マメーはへーと感心して終わりなのである。

「まりょくが。へー」

「みずやりのとちゅーだったから、ちょっとまっっててね」

マメーは薬草畑に戻り、ゴラピーたちを地面におろした。

「ピキー？」

「ピー？」

ゴラピーたちは首を傾げる。何か探しに行っても良い？　と尋ねているのだ。

「うん。でももうすぐおわるから、あんまりとおくにいかないでね」

「ピキッ！」

「ピッ！」

ゴラピーたちは了解、と片手をあげてから、てちてちと走っていった。

「ちゅるりるるーちゅちゅー」

マメーはコマドリの鳴き声を鼻歌のように歌いながら水やりをする。もはや鳴き真似でもなんでもない。

水やりや雑草を引っこ抜いて捨てて、草花の手入れを終えて戻ってくれば、ちょうどゴラピーたちも何やら抱えて戻ってきたところだった。

「あ、ベリーのみ？」

ゴラピーたちはまんまるつやつやとしたブルーベリーをそれぞれ一つずつ抱えていた。

「これもまりょくあるの？」

そうマメーが問えば彼らはこくこくと頷いた。

マメーは薬草園の柵に寄りかかるようにして座ると、ゴラピーたちから青いベリーを受け取る。

「じゃあもらうねー」

マメーがあーんと口を開けてベリーを口にすればやっぱりお腹の下の方がぽかぽかする気がする。

昨日のりんごよりは魔力は少ないのかな、実がちいさいからかな？　とマメーは思った。

「おいしい！」

でも味はとても良かった。

「ピキー！」

「ピー！」

ぴょんと跳ねたゴラピーたちの頭上で、ぽんと青い花が咲いた。

マメーとゴラピーたちは薬草畑の柵にもたれかかって休憩していた。太陽も森の木々よりずいぶんと高い位置まで昇り、春らしいぽかぽか良い天気である。まるでピクニックでもしているようだ。

二羽のコマドリがチュリチュリ鳴いている。さっき卵取られちゃったんだけどー返してくれたのーとか話しているのだろうか。マメーはそんなことを思って笑みを浮かべた。

「ピキ～？」

赤いゴラピーが空を見上げて首を傾げる。ゆらりと青い花が揺れた。

赤いのはぴょんと立ち上がって雲一つない空を見つめる。

「どうかした？」

マメーがそう問うが、返事はない。何か気になるのか黄色いゴラピーもぴょんと立ち上がって空を見つめ始めた。

「ピー！」

黄色いゴラピーが空の一点を指して鋭く鳴いた。

「ピキー！」

「ピー！」

彼らはわたわたと慌て始める。

「ピーピーピー！」

そしてマメーの茶色いローブの袖をひいて、急いで隠れようと言い始めた。

「なあになに？」

マメーは立ち上がって空を見上げた。ゴラピーを食べそうなタカなどの猛禽類や、あるいは遠くの空にドラゴンでも飛んでいるのだろうかと思ったが何も見えない。

見えない……なにもいない……本当だろうか？

ゴラピーたちは小さいからというのもあるだろうが、師匠も探せない魔力の実を見つけてきた。

コマドリの巣だって探し出したし、その中でも最も魔力の多い卵が分かるというのだ。

「まりょく……そうだ！」

マメーは瞳に魔力を込めるつもりでぎゅっと集中した。

彼女は別に〈視力強化〉や〈鷹の目〉といった魔術が使える訳ではない。だけど魔力による偽装や幻術なら、それだけで見破ることもあり得るのだ。

「うーんうーん……みえた！」

果たして空を飛んでいるものがいたのである。

「まじょだ！」

空を飛ぶ人間がいないわけではない。昨日きたルイスもグリフィンライダーであり、グリフィンに乗って空を飛ぶはずだ。

このあたりでまず見かけることはないが、天族や翼人種は背中に翼が生えた人型種族である。

高位の魔術師だって魔術で空を飛べる。

だけど箒《ほうき》に乗って空を飛ぶのは魔女しかいない。

空の色より深い青のローブととんがり帽子を着た人影が、箒に横座りに座っていた。

魔女の箒研修では、箒にはちゃんと跨って乗りなさいと指導されるので、それを守らない悪い魔女である。

「かくれなくてだいじょうぶだよ。マメーのしってるまじょさんだから」

マメーはゴラピーたちにそう告げる。

「ピキー？」

「ピー？」

彼らはホントに？　とどこか不安なのか、マメーにひしっとくっついてきた。

「じゃー、ここにいるといいよ！」

マメーはゴラピーたちを抱え上げると、ローブのフードの中に隠す。

そして再び空を見上げると、ぴょんぴょんと飛び跳ねながら両手を振って叫んだ。

「おーい、おーい！」

空を飛ぶ魔女が下を向き、視線があったような気がした。

すると彼女は箒の柄の先端側を下に向け、空から落っこちてくるように高度を下げた。

「ひゃぁぁぁぁ」

と高い声で悲鳴が聞こえた気がする。

魔女はどんどん地面に近づいて、マメーの前のあたりの地面に落っこちる！　っていう直前に、柄の先端をくいっと持ち上げて飛ぶ向きを変えた。

そして着地の音もさせず、綺麗に地面に降り立った。

「あらあら久しぶりね、森のおチビさん」

そう言った青いローブの彼女は非常に妖艶な女性であった。歳のころは二十代後半から三十代前半だろうか。

かかとの高い靴、濃い青のアイシャドウと濡れた真紅の口紅、闇を内包したかのような艶やかな黒髪。この森の中にあってはとても浮いていたが、彼女には非常に似合っていた。

「こんにちは、ブリギットししょー」

マメーはぴょこんとお辞儀した。

「ピキュ」

「ピュ」

その動きでゴラピーたちがぶつかったのか、フードの中でもぞもぞと小さな声で鳴いた。

ブリギットはマメーを見た時からローブの中に何かいると知覚していたが、子供が何か小動物やら綺麗な石やらお菓子やら服の中に隠すのは当然のことである。それについては特に追及などせず、別のことを口にした。

「アタシの隠行術を見破るとは大したものじゃない」

そう言ってマメーの緑色の髪を撫でる。

長く伸ばされた爪は虹色に輝いていた。

「わぁい、ブリギットししょーにほめられた」

マメーはぴこぴこと頭を左右に振る。

「さすがは最年少で新参者階梯《ニオファイト》の魔女になっただけのことはあるわねえ」

そう言って彼女は舞台の女優のように大仰な仕草でマメーに魔女の礼をとる。

「マメー・マジョリカ。偉大なる万象の魔女の弟子よ。魔女としての長き道を歩み始めたあなたに秘儀《アルカナ》の神々のご加護があらんことを」

マメーはぴしりと気をつけの姿勢をとってその祝福の言葉を受けた。

「ありがとうございます、ブリギットししょー」

「全く。アタシのバカ弟子にも見習って欲しいものだわ」

ドサリ、と地面に倒れる音がした。倒れたのはオレンジ色のローブを着た、マメーよりは少し年上の少女である。

飛んでいるブリギットの腰にしがみついて一緒に来たのだが、ここで力尽きたようだ。

「ウニーちゃん！」

マメーは喜びの声をあげた。

「マメーちゃん」

ウニーはふらふらと立ち上がりながらマメーの名を呼んだ。

箒に乗るのに慣れていないのに、彼女の師匠であるブリギットの後ろにしがみついて、彼女たちの住まいから遥か遠く離れた深い森の魔女の庵まで飛んできたのである。疲労と恐怖でぷるぷる震えていた。

先ほど、空中で悲鳴をあげていたのも彼女である。

「ウニーちゃんようこそ！」

マメーはそんなウニーの手を取ってぴょんと跳ねた。

ウニーはマメーよりちょっと年上の十歳で、今年の新年に新参者階梯の魔女見習いとなっているから、魔女としてもマメーの先輩にあたる。

「マメーちゃん……ちょっとまって……うぇっぷ」

箒に乗っているのが辛かったのかウニーの顔が白い。船酔いのような状態でもあるのだろう。

「なによー、ほらウニー、しゃんとしなさい！」

ブリギットはウニーの背中をばしばしと叩いた。

荒々しい仕草ではあるが、手からは優しい魔力の光がウニーの身体に染み渡っていくのがマメーには見えた。簡易の治癒の術である。

「あ、はい、師匠」

ばしばし。

ウニーの声にも力が戻り、顔色も赤みを帯びてくる。

ばしばしばしばし。

「あの、師匠、もう大丈夫です、あのっ、いたっ、ありがとうございます！」

「あらそう？」

ブリギットは彼女を叩く手を止めた。

ウニーは真っ直ぐにマメーに向き直って言った。

「マメーちゃん！」

「あい！　ウニーちゃん！」

ウニーは先ほどのブリギットのように、大仰な仕草で魔女の礼をとった。

「マメー・マジョリカ。偉大なる万象の魔女の弟子。魔女としての長き道を歩み始めたあなたに秘儀の神々のご加護があらんことを」

「ありがとうございます、ウニーちゃん！」

マメーは祝福の言葉を受けた。

ウニーはかけていた鞄を下ろすと、がさごそとその中を漁り、一つの包みをマメーに差し出した。

「それでこれ、お祝いに。わたしと師匠から」

「くれるの？」

マメーはウニーを見て、そしてブリギットを見上げた。二人は頷く。

マメーは包みを抱えてぴょんぴょんと飛び跳ねた。

「ウニーちゃんとブリギットししょーからのプレゼント！　やったぁ！」

ウニーは顔を逸らし、照れたように頬を掻いた。

「そんな、大したものじゃないよ」

「あら、大したものよ？　なんといってもこのアタシのあげるものだからね」

ウニーが謙遜するように言えば、ブリギットは自信ありげだ。

「ね、ね。あけていい⁉」

マメーが問えばウニーは頷く。だがブリギットは言った。

「家で開けたらどうかしら？」

「あ、そうだね！」

つい話し込んでしまいそうになっていたが、わざわざ薬草畑の前で話す必要もないのである。

「じゃあおうちへどうぞ！」

マメーはるんたったと跳ねるような動きで魔女の庵へと向かった。

「ピキー」

「ピー」

ローブのフードの中でゴラピーたちが、そっと小さな声でマメーに良かったねと伝えてくる。

「うん、うれしい！」

マメーは元気よく答え、隣を歩いていたウニーは驚いてびくりと身を震わせた。

「な、何？」

「うん、いまよかったねっていわれたからー、うれしいよーってこたえたの！」

「そっかー……」

マメーはご機嫌だ。包みをぎゅっと抱いて鼻歌まで歌い始める。ウニーは困惑して自分の師匠を見上げた。

彼女は妖艶な笑みを浮かべて肩をすくめてみせる。師匠はいつもこうだ、とウニーは思った。ブリギット師匠は顕著だが、あるいは魔女や魔術師、占い師といった神秘を扱う者たちの大半は秘密主義的で何を考えているのか良くわからない。

マメーは年下の後輩で妹のような存在であるが、彼女も良くわからない。ちょっと生い立ちに複雑なものがあり、あまり人と会話してこなかったせいで会話能力が遅れているらしい。そう師匠から聞いていた。確かにその言動は八歳にしても幼さを感じさせるものである。

「ふんふふーん、ちゅるりるるー」

今も、とっとこはずむように歩きながら、ご機嫌な鼻歌がいつの間にか鳥の鳴き声の物真似のようになっている。

だがしかし、わからなさは幼さだけが原因ではない。ウニーはそう考える。天才の思考は凡人には分からないものだ。見ただけで数式を解く学者、チェスの熟達者の一手。魔女は特にそう、マメーは自分には見えないものが見え、聞こえぬ声が聞こえるのだろう。魔女となる資格は単純である。一つ以上の系統で魔術の才能が三つ星《スリースター》以上あること、ただそれだけだ。それが野放しに魔法を覚え、使われると社会に大きな混乱がもたらされる。それを避けるために管理するというのが魔女協会の基本理念である。

先達たる魔女の弟子として生活をともにし、その性質が悪でないと判断されれば新参者の階梯が与えられる。しかしマメーの年齢やその言動が幼くとも新参者階梯が与えられたのは、五つ星《ファイブスター》という世にも稀な才能があるからに他ならない。彼女は植物系の魔法に関しては、教えなくとも使えるようになってしまうという判断がなされたのだった。そう、彼女がただの少女であるはずはないのだ。

「ちゅるりるるー」

「ピッピキー」

「ピーピピー」

ほら、ウニーにまで意味不明な音が聞こえ始めた。

ウニーはぶるりと身を震わせた。ブリギットは笑いが堪えられなくなって身を震わせた。

「そーいえばブリギットしーくるのはやかったね？」

ふとマメーが問う。

「あら、そうかしら？」

「ん。まだおくすりできてないよー」

マメーはかつて師匠が今回の製薬の工程を話していたことを思い出してそう言った。満月の光は製薬の後半の話だったが最後ではなかったはずだ。そして師匠はなんて面倒なんだいとぷりぷり文句を言っていた。

「昨夜が満月だったから、グラニッピナおばあちゃんはその光の採取をしていたでしょう？」

ん、とマメーは頷いて言った。

「だからまだししょーおねむ」

ブリギットは万象の魔女にそんな言い方をするのを聞いて、声をあげて笑い出した。

小屋の前に近づくと、マメーはとてて、とそちらに駆け寄って小屋の扉を開けた。

「いらしゃいませ！」

にこにこと笑みを浮かべてお客様を出迎えるために。

「ええ、お邪魔するわ」

「お邪魔します……」

ブリギットは慣れ親しんだ様子で部屋へと入り、とんがり帽子を帽子掛けにかけると、卓の椅子についた。

ウニーもその隣に座る。

「おちゃいれてくるね！」

そう言いながら、ちらちらきょろきょろとマメーの視線がさまよう。

ブリギットはそれが手にした包みと台所の間を行き来しているのを見た。

お客様にお茶を淹れないと、そう思っているのだが、一方でプレゼントの中身が気になっているのだ。

「ふふ、お茶はいいわよ。先にそれを開けてごらんなさい」

ブリギットは笑って言った。

「ブリギットししょーありがとう！」

マメーは卓の向かいに着き、うふふーと笑いながら包みの紐を解いた。

がさごそと音を立てながら、梱包の麻袋と油紙の包みを取り払うと、赤と白の水玉模様の箱に金のリボンのかかった箱が出てきた。

「うわーすごい！　すてきー！」

マメーは椅子からぴょんと降りると箱を天に掲げてくるくると回り始めた。

「あの、マメー、プレゼントはその中身なんだけど……」

「そうだった！」

ウニーがそう言えば、マメーは再び椅子に座り、慎重な手つきでリボンをゆっくりゆっくり引っ張り始める。

そして中から出てきたのは……。

「きらきら！　なあに？　きらきら、すごい！　なに⁉」

マメーは興奮して叫ぶ。

「えっと、最近王都で流行っている色ガラスのペン。それとインク」

「かわいい！」

マメーの髪と瞳をイメージしたのか、螺旋状に琥珀色のあしらわれた、エメラルドのようにきらきら翠色のガラスペン、それとインクである。黒いインクが蝶のような形状のガラスのインク壺に入っていた。

ウニーは言う。

「ちょっとインクに魔力通してみて。ちょっとね」

「ん」

マメーは魔力をぎゅっとした。

マメーの手の中で黒いインクの色がさあっと変わっていく。

「ピキ～？」

「ピ～？」

マメーの肩の後ろから髪の毛越しにゴラピーたちがインクを覗いていた。マメーの魔力が放出されるとやはり気になるのであろうか。

「わあっ、いろがかわったよ！」

「これねー、虹色インクって言ってー。通した魔力によって色が変わるんだけどー。……マメーの緑色のキレイね。見たことない」

魔力の種類によって色が変わるのだ。植物系の魔法の素質を有していると緑色になるのだが、五つ星の魔力を通したところなど当然見られない訳である。夏の森の中、夕立の後の葉のような見事な深緑色に煌めいていた。

ブリギットもそれを見て溜息をついた。

「それにあらゆる色がラメのように入っているわね。いい色だわ」

緑の中には極小の宝石を散りばめたように赤青黄色無色とあらゆる色が混ざっている。これはマメーが植物系以外の魔術の才も有していることを示していた。

ブリギットは自分の爪を見る。彼女の長く伸ばされた爪は美しくマニキュアで装飾されている。マメーのインクはその色のようであり、それよりさらに美しく見えた。

すごいすごいとマメーもウニーもひとしきり興奮した後、魔女見習いたちの会話はやはり魔術のことになった。

ウニーは問う。

「マメーちゃんもグラニッピナ師匠から魔術を教えてもらえた？」

マメーは力強く頷く。

「そうなのウニーちゃん！　マメーもまほーおしえてもらえるようになったの！」

「良かったね、マメーちゃん！　やっぱり〈光〉の魔術から？」

〈光〉は最も基本的な魔術で、しばしば最初に教わる魔術である。ウニーも初めてろうそくほどの光が自分の指先に灯った時は感動したものだ。

「ううん、しょくぶちゅのまほー」

「へー、マメーちゃん準植物特化だものね」

「ん」

「植物系魔術って見たことないけど、どんな魔術から始めたの？」

ウニーの師匠ブリギットもウニー自身も植物系魔術への適性はない。また植物系といえば麦を植えるときに良く育つよう豊穣を祈る魔術を使うなど、素晴らしい魔術ではあるが地味というか、結果が出るのがだいぶ先というイメージだ。

「えっとね、じゃあみせるね！」

だからマメーがこう言ったとき、見てすぐに分かるような魔法ってあるのかなとウニーは困惑したのである。

「え、う、うん」

「ゴラピー！」

マメーは特に意味もなくびしっと指を立てて、高らかにゴラピーの名を呼んだ。

もちろんウニーたちにはなんのことか分からないし、魔力も全く籠っていない、魔術の詠唱ではないただの声だった。だから、謎の言葉にしか聞こえなかった。

だがそれに応える者がいるのだ。

「ピキー！」

「ピー！」

奇妙な鳴き声と共に、赤と黄色の人型のようなものがマメーの肩から卓の上にぴょんぴょんと飛び出してきたのだ。

そして彼らは卓の上でウニーたちに向けて手を振った。

「きゃっ、うわぁ！」

思わず驚きに仰け反ったウニーは、椅子ごとばたんと後ろに倒れたのだった。

「ピキ～？」

「ピ～？」

ゴラピーたちは卓の端っこに立ち、だいじょうぶー？　とでも言いたげに倒れたウニーを覗き込んだ。

椅子は派手に倒れたが、ブリギットが咄嗟に〈空気の壁〉の魔術を無詠唱で唱えていたために、ウニーは床に頭を打つことはなかった。

ぼふっと空気の布団に飛び込んだようなものだ。

「もう、落ち着かない子ねぇ」

「……うう、ありがとうございます、師匠」

ウニーはよろよろと立ち上がり、椅子を元に戻した。

「ピキ～」

「ピ～」

二匹はよかったー、と机の上でぶんぶんと両手を振り、それを見てウニーの肩がびくっと震える。

「えっと、マメーちゃん、これは……？」

「ゴラピー！」

ウニーは自分の師匠を振り返る。ブリギットは肩を竦めた。

当然こんな生き物は彼女も初めて見るのである。

「まあ、さっきから何かマメーちゃんの背中にいるなとは思っていたけど、ずいぶん面白いの飼ってるのねぇ」

「気づいてたんですか？　でも教えてくれないんですね！　そういう人だと知ってました！」

ブリギットはぷんすこするウニーには特に反応を示さずに、卓に顔を近づけてゴラピーたちを観察するように覗き込んだ。

「ふぅん？」

「ピキー？」

「ピー？」

ゴラピーたちはブリギットを見上げ、ゆるりと首を傾げた。

先ほど彼女たちがやってきたときは警戒して隠れようとしたゴラピーたちであるが今はその様子はない。

マメーに贈り物をしてくれた存在だからだ。ブリギットもウニーも仲間と判断しているのである。

「これがゴラピー？」

「ピキ」

「ピ」

ゴラピーたちはうんうんと頷く。頭上の青い花が縦に揺れる。

「何言ってるんだか分からないけど、こちらの言葉は分かっているのね。凄いわぁ」

「むふー」

ゴラピーが褒められてマメーはふんすと胸を張った。

ウニーは困惑し、眉を寄せて尋ねた。

「えっと、その……凄いんだけど、凄いんだけどー……ゴラピーってなに？」

昨日、師匠が魔女協会に送った手紙には新種のマンドラゴラとしてゴラピーのことも記されていたが、もちろんその情報はまだ他の魔女たちに共有されていないのである。

「ゴラピーはねー、ピーってなくマンドラゴラだからゴラピー！」

「そっかぁ……ウニーにはちょーっとマンドラゴラには見えないかなぁ」

というか、全くマンドラゴラには見えなかった。

ゴラピーたちはぴょんぴょん飛び跳ねて鳴く。

「ピキー！」

「ピー！」

「ほら、マンドラゴラだっていってるよ」

ブリギットは声をあげて笑い、ウニーはさらに困惑した。

「私、ゴラピー語は分からないんだけど……」

ブリギットが問う。

「マメーちゃん、ゴラピーは普通のマンドラゴラじゃないでしょう。どうやって生まれたのかしら？」

「えっとねー……」

マメーは昨日のことを二人に説明した。

なるほど、マメーがマンドラゴラに魔力を通したらゴラピーが生まれたというなら、確かにこれはマメーの魔法と言って良いのだろうとウニーは思った。

なんでそうなるのかはさっぱり分からないが。

マメーの琥珀色の瞳がきらきらと期待するように輝いている。ゴラピーたちもウニーをじっと見上げていた。

「……えっと、マメーちゃん凄い魔法だね！」

「むふー」

「ピキ～」

「ピ〜」

マメーと卓上のゴラピーたちは揃って胸を張った。ブリギットは尋ねる。

「マメーちゃん、じゃあマンドラゴラの苗があったら、またゴラピーをつくることができるのかしら？」

ゴラピーたちは両手をばんざいするようにぴょんとあげた。

「んっとねー、ししょーがみてないとダメ？」

ゴラピーたちはがくりと肩を落とした。

マメーは魔力を扱い始めたばかりである。師匠の前でしか魔術を使ってはいけないのは当然だった。

「じゃあグラニッピナおばあちゃん起きてきたら、お願いしてみるわね」

「わかった！」

マメーが頷いたそのとき、ばん、と小屋の奥に繋がる扉が開かれた。そして老婆が部屋に入りながら叫んだ。

「誰がおばあちゃんだい！」

「あ、ししょーおはよー」

「お、お邪魔してます！」

「あら、おねむの師匠が起きてきたわね」

師匠はふん、と不機嫌そうに鼻を鳴らした。

「まったく、誰のせいだと思ってるんだい。それだってのにやかましいねぇ」

そもそも、徹夜していたのはブリギットの薬を作るためである。まあ、それがなくとも真っ当な魔女なら満月の夜は起きているものであるが。

「あ、ああ。すいませんグラニッピナ師！」

ウニーはあたふたと謝罪した。椅子を倒したりうるさかったのは自分であると思ったからだ。

「やかましいのはあんたじゃなくてあんたの師匠の魔力さね。こっちに飛んできながら、ばしばしとうるさいのさ」

「は、はぁ」

魔力がうるさいなどということはもちろんない。ただ、師匠はこの森に魔術で結界を張っているのである。強い魔力を放つものがそれに触れれば、感知できるようにしているのだ。

「いい、ウニー。魔力感知は呼吸するようにできなきゃダメ。その精度が魔女としての力なのよ」

ブリギットはウニーにそう指導した。

師匠はマメーの隣の席に着く。

「ピキーピキー」

「ピーピー」

ぴょんぴょんぴょんぴょん。

ゴラピーたちは師匠に訴えかけるように、跳ねながら鳴き声をあげた。

「……こいつらはどうしたんだい」

「んっとねー、マンドラゴラのなえがほしいって！」

師匠は渋い顔をした。

ぴょんぴょんと卓の上で跳んでなにやら訴えかけるゴラピーのうち、赤い方を師匠の乾いた指が摘み上げた。

「ピキーピキー⁉」

師匠の指に挟まれてじたばたとしていたが、特に危害を加えられる訳でもないと分かったのか、だらーんと力を抜く。

「ピキー……」

「もう一匹仲間が欲しいってことかい？」

「ピー！」

黄色いゴラピーはぴょんと跳ねた。師匠は赤いゴラピーを卓に戻す。そしてじろり、とブリギットを見据えた。

「あんたが焚き付けたのかね、ブリギット？」

「だってー、知らない魔法・知らない生物よ。気になるじゃない」

師匠は、「はぁ」と大きなため息を吐いた。

まあ、それについて非難する気はない。魔女にとって好奇心こそその本質、好奇心無ければ向上もないのだ。

師匠はマメーを見る。

「まあ、マメー。どのみちあんたのこの……見たこともない魔法は調べなきゃならんのは間違いないんだがね。ゴラピーの能力にせよ、マメーの限界にせよね」

「うん！」

マメーは嬉々として頷いた。師匠はまだ眠いのか目頭を揉む。

「本当はもっと時間をかけてゆっくりやるつもりだったが……」

「ピキー！」

「なんだって？」

ゴラピーがなにか訴えかけているので師匠はマメーに問う。

「んっとね。もういっぴきならぜんぜんよゆーだよって」

ふうむ、と師匠は考える。

このゴラピーらがマメーの使い魔や眷属的存在であるのは間違いない。魔力的な繋がりがあり、主従関係のような共生関係のようなものがあるように見える。つまり、マメーを害するようなことはあるまい。

また、ゴラピーたちは魔力量などを自然に知覚するような能力がある。しかも非常に高性能だ。であれば彼らがもう一匹いけるというなら問題ないようにも感じるが……。

「きらきら、きれー！」

とマメーが叫んでぴょんと椅子の上で跳ねた。向かいに座るブリギットの弟子、ウニーも興奮したようにこちらを見ている。

「ん？　ああ……虹色インクかね」

師匠は考えながら本人も気づかず卓にあった瓶を手にしていたのである。インクは完全に全ての色が均等な虹色になっていた。

「ふふ、グラニッピナおばあちゃんくらいしかこの色は出せないのよ」

全ての魔法の素質を三つ星で有している者など世界中にも片手で数えられる程度しかいないのだ。

「おばあちゃんはやめな。なんだ、ブリギット。あんたが持ってきたのかね？」

「ブリギットしょーとウニーちゃんからプレゼントもらったの！」

マメーが元気よくそう言った。

「そうかい、ありがとうよ。マメー、正直に答えな。魔力欠乏……疲労感、目眩なんか感じるかい？」

「ううん。……あ、でもきのーのよるはちょっとはやくねたかも」

マメーはしょぼんと肩を落とした。

「つかれた、ダメ？」

「ピキー……？」

「ピー……？」

じっと三対の瞳が師匠を見上げてきた。師匠は咳払いを一つ。

「ま、魔力を初めて使ったんだ。それくらいなら当然さね」

「そうよう、ウニーなんか最初に魔法を使った時なんかぶっ倒れて……」

「わー！　師匠やめてください！　わー！」

ウニーはばたばたと手を振った。ブリギットは笑う。

「おばあちゃんは心配性ねぇ」

ブリギットは言う。師匠は顔をしかめた。

「心配なんじゃねえのよ。単に五つ星の素質がどんなもんかあたしにも分からないからさね」

魔法の素質は通常、世の中一般では三つ星が最高と思われている。師匠のように全系統で三つ星なのが最高ということだ。

だが、魔女の世界では単系統、何かに特化していればそれを超えることがあるのは知られている。だがそれだって四までだ。五つ星の素質など伝説じみた存在で、師匠もよもや自分がそんな子を弟子とする日がくるなど当然思ってもいなかった。

師匠は杖を一振り。

「〈騒霊〉」

扉が勝手にばん、と開いた。師匠は尋ねる。

「何色さね？」

「じゃーねー、ウニーちゃんのいろであお！」

ウニーは首を傾げた。ウニーの髪の色は暗い紫である。あるいは紫を帯びた黒と言ってもいい。青ではないのだ。ブリギットから貰ったラピスラズリのペンダントの護符の色だろうか。

ウニーは宝石に手をやった。

「はいよ」

青い植木鉢が飛んでくる。

土と種が入っただけの鉢植えだ。師匠はそれを一度自分の手元に置くと、状態を確認するように見てからマメーに手渡した。

「やってみるね！」

「ピキー！」

「ピー！」

赤と黄色のゴラピーが、頑張って！　というように小さい手をぶんぶん振りながら鳴いた。

マメーはうんうんと唸りながら鉢植えに魔力を注ぐ。ぽん、と芽が出た。

根っこの方は青かった。

「うえぇっ⁉」

「はやっ！」

ウニーとブリギットが叫んだ。師匠は芽の色を見てやっぱりな、という顔をした。

鉢植えの土がぷるぷると揺れて地中から何かが飛び出してきた！

それは赤いのや黄色いのによく似ているけど、ちょっとひょろっとしていて色の異なる青い人型だった。くりっとした目をマメーに向けて、両手をうーんと広げて伸びをするような動きを取った。

「ピュー！」

それは妙に高い鳴き声を上げる。

マメーは叫んだ。

「かわいい！」

ゴラピーたちは仲間が増えた喜びを示すかのようにぴょんとジャンプして鳴いた。

「ピキー！」

「ピー！」

赤いのと黄色いのが卓の上、マメーの前でばんざいするように両手をあげてぴょんぴょん飛び跳ねた。

青いゴラピーが植木鉢から踏み出して、仲間の方に向かおうとし……。

「ピュ」

植木鉢の縁から落ちた。

「あぶないよー」

「ピュー」

青いゴラピーはマメーが差し出していた手の上に、ぽすんと転がる。

特に気にした風もなく立ち上がり、マメーの手に運ばれて卓の上に立った。赤と黄色のゴラピーは青いゴラピーの手を取って卓の真ん中へと移動し、ぴょんぴょん跳ねながらくるくる回りはじめる。

「ピキー！」

「ピュー？」

赤いゴラピーと黄色いゴラピーが動きを止めた。

「ということは、薬効が気になるわよねえ？」

「そだよー、しんしゅのマンドラゴラ」

「このゴラピーはマンドラゴラなのよね？」

彼女は言う。

三匹は動きを止めてブリギットを見上げた。

「ピュー？」

「ピー？」

「ピキー？」

それにしても、とブリギットは言いながら三匹を覗き込む。

「……そ、そういう問題なんですかね？」

「うん！」

「マメーちゃんの魔法は面白いわねえ」

の謎の魔法に師匠は渋面をつくり、ウニーは目を白黒させている。

三匹のご機嫌な様子を見て、マメーはにへっと笑い、ブリギットもあはっと笑った。マメーのこ
「ピュ、ピュー？」

「ピー！」

青いゴラピーは首を傾げ、ゆらり、と頭上の葉っぱを揺らした。

「ちょーっと端っこ刻ませてもらえないかしら？」

「ピキー⁉」

「ピー⁉」

「ピュー⁉」

三匹は卓上を逃げ出し、てちてち走り回った。

虹色インクの瓶の後ろに三匹で身を隠そうとするが、瓶と同じようなサイズで隠れきれず、マメーの方に走っていった。マメーは三匹を抱き上げ、ぷうと頬を膨らませる。

「もー、ブリギットししょー、めーよ！」

「師匠、さすがにそれはダメなのでは……」

マメーはぷりぷりと怒り、ウニーも自らの師匠を嗜めた。

「えー、でもー。気になるじゃない？　グラニッピナおばあちゃんもそうよね？」

魔女なら当然の思考だ。しかし老婆は歯を見せて笑いながら言った。

「ひっひっひ。残念ながらあたしゃこいつらを刻まないし刻ませないと昨日誓ったのさね。それこそ、万象の魔女の二つ名にかけてね」

「ピキー！」

「ピー！」

赤と黄色のゴラピーたちはマメーの腕の中でうんうんと頷いた。

「へぇ……」

ブリギットの口から感嘆の声が漏れる。

魔女の名が持つ意味は重い。極めて重い。それはその名自体が魔術の構成要素であり、魔女という存在の本質でもあるからだ。

物語には名前を知られたら死ぬ魔物の話や、真の名を知られたら願いを叶えねばならぬという話も多い。名を書いた紙を燃やす呪詛など、魔術や呪いとも関係が深い。

現在の魔女のしきたりでは、見習いとなる時に本名を捨てさせられ、魔女としての名を与えられる。だが正式な名を名乗れるのは達人《アデプト》の位階に昇ってからだ。

マメーやウニーという名は見習いに与えられる仮の名に過ぎない。わざと変な名前が与えられるのは習慣のようなものだ。

ちなみにブリギットの見習い時代の名前は醜いを意味するブルットであった。最近は東方言語から音を持ってくるのが魔女界の流行りである。

「ね、ね、ね。おばぁちゃ～ん」

ブリギットが妙にしなを作って猫撫で声で師匠にすり寄る。

「何がおばあちゃんだい、このバカたれが」

にべもなかった。だがブリギットはその程度でめげたりはしないのである。

「おばあちゃんがー、そういうこと言うってことはー、絶対このゴラピーは刻むよりもっと価値があるって気づいたってことよねー?」

ふん、と師匠は鼻で笑う。

「さて、どうだかね」

じいっとブリギットの視線がマメーたちに向かう。

「ピキー……！」

「ピー……！」

「ピュー……！」

三匹はマメーの腕の中でぷるぷる震えた。

「ちゅりーちゅりーちゅるるるー」

マメーは目を逸らしてコマドリの鳴き真似を始める。

「……マメーちゃん誤魔化せてないよ。それは何か隠してるっていってるようなものだよ」

ウニーは嘆息した。覗き込んでいたブリギットは身を起こす。

「ま、いいわ。アタシたちしばらく滞在するし」

「あぁん？」

師匠が凄むがブリギットはどこ吹く風である。

「ほら、お薬できるまで待たないと」

「……大体あんたらなんで今日来たんだ。まだ薬できてないのなんざはじめっから分かってるだろうに」

「だってー、待ちきれないんですものー」

「……えっと、師匠。どこか悪いんです、か？」

ウニーが首を傾げて問うた。どうやら前回来た時に薬を頼んでいたらしいと気づいたが、ブリギットがグラニッピナのところに何の用があったのか教えてくれなかったし、一緒に暮らしていても体調が悪いようには全く見えなかったのである。

「お肌のおクスリよっ」

「ああ、美容の……」

ウニーはガクッと肩を落とした。

「そうよー、おばあちゃんの薬ってば最高なんだからね！」

「あのな、ブリギット。あんたアタシと大して歳変わらんだろうが。おばあちゃんはやめるさね」

達人ブリギット。二十代後半から三十歳程にしか見えないが、御歳八十六であった。

高位の魔術師や達人級の魔女ともなれば、寿命を延ばせるような魔術を使える者がいる。老化停止や若返りの魔術だ。不老不死とまで言える存在はそれこそ秘儀の神々くらいしかいないが、魔女は百年やそこらは優に生きる。

もっとも、それらの術は極めて高度だ。魔女の中でも使える者は限られる。事実、ブリギットには扱えない。

ただ、使えないなら買い求めれば良いのだ。

「もー、歳は乙女の秘密なんだからっ」

ブリギットがそう言えば、師匠はうへぇという顔をつくり、ウニーはため息を吐いた。

「なーにが乙女だよ……」

「さすがに無理があるかなって……」

「なによう！」

ぷりぷりするブリギットに、マメーはびっくりして叫んだ。

「ブリギットししょーおばあちゃんだったの⁉」

マメーはブリギットの年齢を知らなかったのである。

「おばあちゃんじゃないわ、おねえさんね」

だがブリギットは否定する。マメーは神妙な顔で宣言した。

「ブリギットししょーはブリギットししょー」

「それでいいわ」

年齢を感じさせない呼び方であればブリギットは構わないのである。

「……えっと、なんの話だっけ」

「薬はまだできないってことさね」

師匠はそう言った。ゴラピーが特別な、価値ある存在であるというところから話題をそらしていたのである。

「ピキー？」

「ピー」

「ピュー！」

そのゴラピーたちはマメーの腕の中でわさわさ動きながら話し始めた。

「おりる？　いいよー」

師匠とブリギットは製薬にかかる時間やら手順やら話しているが、その間にマメーはゴラピーたちを卓の上に戻した。彼らは卓の上に腰掛けてくつろぎ始める。マメーは彼らの花に手を伸ばし、ちょんちょんと撫でた。

「ピキー……」

「ピー……」

赤いゴラピーと黄色いゴラピーは機嫌良さそうにゆらゆらと花を揺らす。

「ピュー……」

青いゴラピーは機嫌良さそうにゆらゆらと双葉を揺らす。

そういえば青いゴラピーの頭の上だけ葉っぱだなあと、マメーはふと思った。赤いのと黄色いのから魔力の実であるベリーをもらったのは青いゴラピーが生まれる前だったのだ。仕方ない。

でもお花がいいなあ、いいよねぇ。

マメーの手から魔力が少し漏れ出すように流れた。

ぽん！

光と共に軽い音が鳴る。

「は？」

まず、なんとなくゴラピーたちを見ていたウニーがぽかんと口を開けた。

「ピキー！」

「ピー！」

赤と黄色のゴラピーがわあいと鳴いてぴょんと跳んだ。

「えへー、かわいい」

マメーはえへへと笑った。

青いゴラピーは自分の頭から伸びている茎の先をじっと見上げた。

そこには双葉ではなく白い花が咲いていた。

「ピュー！」

青いゴラピーはわあいと鳴いてばんざいした。

「えっ、なに⁉」

師匠と話していたブリギットは驚き振り返る。師匠は顔に手をやって、はぁ、とため息をついた。

「マメーとウニー、それとゴラピーたち。お外で遊んでおいで」

「はぁい！」

「ピキー！」

「ピー！」

「ピュー！」

「……えっと、はい、行ってきます」

師匠はマメーたちをとりあえず外に出し、ブリギットの見えないところに置いておくことにした。

小屋の前でウニーは尋ねる。

「えっと、なんでゴラピーの頭に花が咲いたか聞いてもいいもの？」

「んっとねー、まりょくがぎゅっとなるとぽんってさくの！」

「そっかー……」

マメーの説明は相変わらずさっぱり分からないが、少なくともマメーのせいであるということは分かった。

「花が咲くとどうなるの？」

「かわいい！」

「ピキー！」

「ピー！」

「ピュー！」

「そっかー……」

マメーは力強く断言し、ゴラピーたちは褒められたのが嬉しいのかぴょんと跳んだ。

「ねねね、ウニーちゃん！」

「なあに、マメーちゃん？」

「ウニーちゃんのまほーみせてまほー！」

きらきらとマメーは琥珀の瞳を期待に輝かせている。

「んー、いいよ」

ウニーは腰のベルトから30㎝程の長さの短杖を抜いた。一般的な見習い向けの魔術師の杖である。マメーの杖は師匠が預かっていて、まだ杖を自分で持つことは許されていないから、その杖を羨望の眼差しで見つめていた。

「そーだなー……魔法……見たことないのがいいよねー」

「うん！」

「最近覚えたのだと……」

そう言いながら小道をとことこ歩く。マメーたちもてちてちついていく。魔術を使うなら広くて何もないところが良いためだ。

ウニーは前回来た時にもマメーにせがまれて魔術を見せている。それとは違うのにしようとしているあたり、ウニーも妹分であるマメーに優しいのだ。

「じゃー、まずは〈闇〉」

そう言いながら杖を振ると、マメーたちの前に直径２ｍほどの半球、真っ黒なドームが出現した。

「わあい、まっくろ！」

マメーは喜んでぴょんと跳ねた。

「ピキー!?」

「ピー……」

「ピュー？」

赤いゴラピーは興味深いのか警戒しているのか、一歩前に出る。黄色いのは怖いのかマメーに身を寄せ、青いのはゆるく首を傾げて黒いのを見ていた。

「へんなのー、あははは！」

マメーは黒い半球にためらいなく腕を突っ込んだ。突っ込んだ部分が全く見えなくなる。〈闇〉の魔術は光だけを完全にさえぎるという魔術であった。

マメーはひとしきり笑った後、振り返ってウニーに問うた。

「ねーねー、でもこれはまえもみたよ？」

〈闇〉は光を操る魔術の基本である。前も見せてもらっていた。

「まあまあ、こっから見てなさいよ」

ふふん、とちょっと得意げにウニーは杖を再度構えた。

ウニーの魔術の素質は不均衡二属性特化型、闇水属性四つ星《フォースター》である。

特化型なので二つの属性の魔術しか扱うことができず、不均衡とは一つ目の属性の魔術が得意で、二つ目は少し不得手、基本的に素質の星が半分くらいという意味だ。

ウニーは闇属性に関しては四つ星、魔女の中でも極めて高い才能を有していて、水属性に関しては二つ星《ツースター》、平均的な魔女くらいか優秀な魔術師くらいの才能、他の魔術はほぼ使えないということとなる。

「〈闇変形〉！」

半球の形状をしていた闇がその形を変える。にょろりと伸びて、まるでとぐろを巻いた蛇のようにずるずると動く。

「ふぉぉぉ……すごーい！」

マメーは感嘆の声をあげた。

ウニーは闇の形を変形させるのに集中していて、それに答えることはできない。だが彼女たちの前で巨大な蛇のようになった闇は音を立てることもなく移動していき、そしてくるくると丸まったかと思うと完全な球体になった。

さらにその球体からにょきにょきと棘が生えてくる。球は棘の生えた塊になった。

ふー、とウニーは集中を解いた。変形が終わったのだろう。

マメーが尋ねる。

「ウニーちゃんこれなあに？」

ウニーはどやあと胸を張って答える。

「ウニよ！」

「これがうにー？」

マメーはウニという生き物を見たことはなかった。そもそもここは森の中でウニはいないのである。

「ピキー！」

「ピー……」

「ピュー？」

赤いゴラピーがウニに近づこうとして黄色いのに危ないよと止められている。青いのは身体を傾けてウニの形の闇を観察しているようだ。

「ピュ」

青いゴラピーがちょん、とウニの棘の一本に手を伸ばした。もちろん、これは光が届かなくなるだけの魔法である。手はするりと闇をすり抜けた。

「ピュー？」

青いゴラピーはなんだこれと、すり抜けた自分の手を見る。

「ピキー！」

「ピー⁉」

赤いゴラピーもそれを見て闇に突っ込んでいき、黄色いのもそれに引き摺られて闇の棘に突っ込み、二匹はすり抜けてころころと転ぶ。

「ピュピュー」

青いゴラピーは笑っているような声を出した。

マメーも闇の中に手を突っ込む。沢山の針に串刺しになっているように見えるのに、痛みも何も感じないのだ。

「あはー、なんかヘン！」

マメーたちが遊んでいる間に、ウニーはそっと体内の魔力を整え直し、杖を再度構える。

「〈闇・性質変化〉」

闇に身体を突っ込んでいたマメーは、自分の身体が急にずしりと重くなったのを感じた。

「ピキー⁉」

「ピー⁉」

「ピュー⁉」

ゴラピーたちも突然の変化に悲鳴をあげる。

「ウニーちゃん、なにこれぇ」

「ふふーん、闇を沼に変化させたのよ」

沼に身体が沈んでいくように、ずぶずぶと闇に身体が沈み込んで抜けない。

マメーはウニーが友人だから傷つけるようなことはないと分かっているので、ずぶずぶと沈む身体を楽しんでいるが、ゴラピーたちはそうではない。

「ピー！」

食べられるーというような鳴き声が上がった。

ウニーはこの状態で、ウニ型の闇を魔法で操り、ころころと地面を転がした。

「あはははは！」

「ピキー⁉」

「ピー⁉」

「ピュー⁉」

一人の笑い声と、三匹の喜んでいるのか怖がっているのか半々くらいの鳴き声があがった。

ちなみにこの性質を変化させる技術、マメーの師匠であるグラニッピナのような万能の魔術師であればあまり使わなくとも良い技術であるが、単系統や二系統に特化した魔術師にとっては極めて重要な技術である。

例えば戦いとなった時、闇で周囲を暗くできるのは確かに有利である。しかし闇をぶつけても直接的な攻撃力はないのだ。

他の系統が使えるなら炎を出しても電撃を生じても良い。しかし闇で戦うなら、形状や性質を変化させねばならないのだ。つまり尖らせて硬くするということである。

「あーおもしろかった！　ありがと、ウニーちゃん！」

魔術が解除された後、地面に降り立ったマメーは満面の笑みでウニーに言った。

「どういたしまして」

ウニーは答える。

「ピキー……」

「ピー……」

「ピュー……」

地面に降り立ったゴラピーたちはじとりとした視線をウニーに向けて鳴いた。

「ごめんて」

ウニーは答える。

やはりちょっと恐ろしかったようだ。そもそも身長10㎝くらいのゴラピーたちにとって直径２ｍくらいの闇のウニは怪物であり、ちょっと怖かったのであろう。

「ピキー……」

「ピー……」

「ピュー……」

三匹はマメーのローブの後ろに身を隠しながら、じとーっと警戒するような視線をウニーに向ける。

「えっと、罪悪感が酷いんだけど、どうすればいいんだろう」

「なかなおりすればいいとおもうよ！」

マメーは気楽なものである。

うーん、とウニーはしばし考え、マメーに尋ねた。

「ゴラピーたちって何が好きなの？」

「まほーしょくぶちゅだからー、みず、おひさま、えいよう！　あとまりょく？」

「水かー」

ウニーは地面の上にしゃがみ込み、てのひらを上にして地面に手を置いた。

「ゴラピーたちごめんて。……〈水作成〉」

ウニーは水系統の基本的な魔術を使った。彼女の手のひらの上に小さな水球がシャボン玉のようにぽこぽこと生まれる。

「ピキー！」

「ピー！」

「ピュー！」

三匹のゴラピーは、わぁいと鳴きながら水球に駆け寄った。

◇

マメーとウニー、それとゴラピーたちが小屋の外に出ていく。黄色いゴラピーが家を出る時に振り返って師匠にぶんぶん片手を振った。

それを見送って、師匠はふあぁとあくびをひとつ。

「茶でも淹れるとするかね……あんたは？」

「いただくわ」

ブリギットの言葉に頷くと杖を一振り。〈騒霊〉の魔術を使うと、扉が開いてかまどの方でかちゃかちゃと準備の音がしだす。

台所から皿とジャムとビスケットが飛んでくるが……。

「ジャムはいらないかねぇ」

「あら、アタシは欲しいわ」

師匠の言葉にジャムの瓶が途中で台所に戻りかけ、またくるりとこちらへ。

つやつや光るオレンジ色に満たされた透明な瓶。ブリギットはそれを撫でた。

「ここのジャムはちょっと他では食べられない味だもの」

万象の魔女のところで育てている植物の出来は素晴らしいと昔から評判であったが、マメーがこの庵に来てからの数年で向上した品質はいっそ異常であるとすら言えるほどである。

ビスケットをつまみながら師匠は言う。

「その後、昼食の用意を四人分だねぇ」

包丁とまな板がトントンと鳴り、その言葉に応じた。

紅茶にビスケットの簡単な朝食をしていると、ブリギットがビスケットにジャムをたっぷり載せながら尋ねる。

「なんなのよおチビさんのあれー、魔術としても生物としてもありえないわ！」

マンドラゴラがあのような珍妙な姿になったのを当然ブリギットは見たことがない。

自立行動・二足歩行し、こちらの言葉を解する魔法生物。大半の魔女がホムンクルスやゴーレム、使い魔やアンデッドなど何らかを使役する。今料理をしている〈騒霊〉もグラニッピナの不可視の召使のようなものだ。

だがそれらは魔術や錬金術の技術として確立しているものである。あんな鉢植えに魔力を流せば、ぽんと生まれるようなものではあり得ないのだ。

「そうさねえ」

「そうさねえって、おばあちゃん？」

「そうかもしれんし、そうでないかもしれん。四つ星の魔女はいるが、五つ星の才能など物語の中の存在よ。あれが真の魔術で、あたしらのは紛い物だと言われたらそうでないとは言い切れんね」

「うーん、まあ、そうね」

「それにマメーにマンドラゴラの苗を渡したのは昨日のことさね。まだ調査なんてしておらんよ。〈鑑定〉の魔術を一回かけて、新種のマンドラゴラと確認しただけだ」

確かに魔女集会でマメーに新参者《ニオファイト》の階梯が与えられてすぐのことだ。魔術の行使を始めたばかりだろうし、昨夜は満月だからブリギットの頼んでいた調薬に忙しかったのもわかる。

だがそれでも。魔女というのは好奇心の生き物だ。寿命など魔術で伸ばすことができるような高位の魔女であれば、その好奇心が涸れる、世界に興味を失えば死を選ぶようになるのだ。

あんな未知のものが手元にあれば、それを寝食も忘れて調べだすのが万象の魔女グラニッピナという存在ではないのか。

「おばあちゃん、アナタまさか……」

ふん、と師匠は鼻で笑う。

ブリギットの言葉を濁した問いかけには答えず、とん、と卓を指で叩いた。

その動作一つで魔術が行使され、家の外で遊ぶマメーとウニーの様子が卓上に幻として投影される。

ウニーの〈闇〉の魔術が無数の棘のような触手のようなものを伸ばした球体となり、マメーやゴラピーたちを持ち上げて遊んでいた。

師匠は言う。

「ウニーも随分良い魔女じゃないか。あの歳で性質変化ができるってのはたいしたもんだろう」

ブリギットは頬を掻いた。

最年少の新参者階梯という記録を持つのはマメーであるが、そうでなくともたかが十歳程度で魔術を行使できるというのはれっきとした天才である。

ここは五つ星の才能と全属性三つ星という異常な二人が住む庵であるが、そもそも四つ星だって希少な魔女の中でさらに一握りしかいない存在なのだ。

「んー、まあちょっとサボり気味なところというか、おっとりしているところはあるけど、そうね。良い弟子だわ」

「くかか、サボり癖はあんたのがひどかっただろうに」

「もー、古い話はやめてよ」

師匠は目を細めて幻影の中の少女たちを見る。

今度はウニーが手の中に水球を作っていた。ゴラピーたちがそれに走り寄り、その水を掬っている。

「子供たちってのはさ、可能性の塊さね。もちろんマメーは特異な存在ではあるにせよ、あたしゃそれに気づかされた。老いた我々にできるのは、その可能性を精査してやることじゃない、自由に伸ばしてやることだ。あんたもそれに気づいたんじゃないかい？　妹弟子よ」

ブリギットはため息を一つ。

「そう、そうね。姉さん」

二人は同じ魔女の師匠の弟子であったのだ。もう半世紀以上昔の話だが。

「マメーを護るのは分かるわ。でもゴラピーは？　特別な何かがあるんでしょう？」

ブリギットは話を逸らされているのを感じている。姉弟子はいつもこうだ。面白いことを独り占めする。

じっと見つめ続けるブリギットに、師匠は降参したとでもいうように両手を挙げた。

「ゴラピーを傷つけるのはマメーを傷つけるのと同義だ」

少なくともマメーは悲しむだろう。ブリギットは立ち上がって魔女としての正式な礼をとって誓った。

「〝大海と蒼天《そうてん》の魔女〟の名において、マメーとゴラピーを護ると誓うわ」

「ついでにその存在を秘匿すると誓っておくれ」

ブリギットが誓うと、師匠はにやりと笑みを浮かべて卓の上に小瓶を置いた。

「ゴラピーがくれたものだよ」

「……蜜？」

「純粋な魔力溶液さ」

ブリギットの顎がかくんと落ちた。

「うっそマジで⁉」

◇

「ピキキキキ……」

「ピピピピピ……」

「ピピュピュ……」

ゴラピーたちがウニーの手の上に浮かぶ水の球をピキピキごくごくと飲み干していく。

口でちゅるちゅる吸っているようであり、顔や体全体で吸収しているようでもある。そもそもマンドラゴラであるなら身体が植物の根であるのだから、そういうことなのだろう。とウニーは思った。

「ピキー！」

「ピー！」

「ピュー！」

ゴラピーたちは水を飲み終えると満足したのか顔を上げ、その場でぴょんと飛び跳ねながらウニーに向けて鳴いた。

「なんて言ってるの？」

「ありがとー、おみずおいしかったーって」

実のところ〈水作成〉の魔術で作った水であるから、ごく微量であるがウニーの魔力が水の中に溶けているのである。

昨晩のように花が増えるほどではない。主人であるマメーの魔力でも植物系の魔術でもないし、水に含まれる魔力は僅かだ。だが、人間風に言えば好みの味であると感じるようなものだったのだ。

「ま、気に入ってもらえたなら良かったわ」

ウニーは照れ隠しかそっぽを向いて、手についた水滴を払った。彼女はぽそりと呟く。

「なかなおりできたかしら？」

「うん！」

マメーは力強く頷き、ゴラピーたちに問いかける。

「ねー？」

「ピキー！」

「ピー！」

「ピュー！」

三匹のゴラピーがぴょんぴょんぴょんと順番にウニーに飛びかかった。

「わっ……ちょっ……きゃあ！」

赤いゴラピーを抱えるように捕まえ、次の黄色いゴラピーを落としかけて慌てて拾い、バランスを崩したところに青いゴラピーが飛びかかってきた。

しゃがみ込んでいたウニーは尻餅をついてころんと転がった。

「あははは！」

愉快そうなマメーの笑い声が聞こえる。

「もー……」

寝転がって青い空を見上げる形となったウニーの顔を、三匹が不思議そうに覗き込んだ。

ぷっとウニーも吹き出す。結局マメーもウニーの隣に寝てごろごろと草むらの上を転がり、髪を草まみれにしたのだった。

その時だった。ばん、と音を立てて小屋の扉が開いた。美しき魔女が力強くそこに立っている。

「あ、ブリギットしょー」

身を起こしたマメーとウニーは、まるで嵐を前にしているかのような威圧を感じた。ブリギットの身から溢れんばかりの魔力を感じたからだ。

だが、その表情はなにか真剣で緊張のようなものも感じるが、怒っているわけではなさそうである。

「えっと……師匠？　どうされました？」

「ピキ？」

「ピ？」

「ピュー？」

ウニーが尋ね、どうしたのかとゴラピーたちも首を傾げる。

ブリギットはびしりとウニーに指を突きつけて言った。

「ウニーばかりゴラピーと仲良くなってずるいわ！」

「いやずるいって」

ブリギットは師匠からゴラピーの蜜が純粋な魔力溶液に近いということを聞いたのである。

そしてこれは単純に魔力回復ポーションとして高性能なだけではなく、製薬においても極めて高い価値があることも。それこそブリギットが注文している美容の薬には若返りの効果も含まれるが、その効果も高まる可能性があると。

「アタシも仲良くするわ！」

「わあい！」

「えぇ……」

そして師匠から少し渡されたゴラピーの蜜を舐めたことで、魔力が回復したのを実感しているところでもあった。

ずいっとブリギットが外に出てくる。

「ウニー！」

「ひゃい！」

「どうやって仲良くなったのかしら？」

「えっと、魔法で水を作って……」

先ほどブリギットも魔法で室内から見ていた光景である。

「それならアタシの水はどうかしら！」

ブリギットはぱんと手を叩いた。

彼女を囲うように、無数の水球が出現する。

それは魔術のキーワードも破棄した完全な無詠唱であり、その数も制御も見事な魔術であった。

「ピキー？」

「ピー？」

「ピュー？」

ゴラピーたちはマメーを見上げて首を傾げた。

マメーは言う。

「ブリギットしょーがゴラピーとなかよくなりたいって。おみずあげるって」

彼らは頷くと、わあいと鳴きながらブリギットの水球に駆け寄っていき……。

「ピキー⁉」

「ピー⁉」

「ピュー⁉」

そして散り散りに逃げ出した。

「ええっ何で！」

ブリギットが叫び、ウニーがあっと何かに気づいた表情を浮かべた。

マメーは鼻がむずむずして、くちゅん、とくしゃみをした。

「あ」

マメーも気づいた。においである。

「師匠」

「……何かしら？　ウニー」

「植物は海水を嫌うのでは？」

マメーも頷く。

「しょくぶちゅに、しおみずはめーよ」

ブリギットはがくりと膝をついた。

〝大海と蒼天の魔女〟ブリギット。その二つ名の通り、彼女が魔力で生じるのは海水なのであった。


こうしてばたばたと一日は過ぎ去り、夜である。

マメーは自分のベッドの横に、三つの植木鉢を並べた。

ゴラピーたちが自分の色の鉢にぴょんぴょんぴょんと入る。

「おやすみ、ゴラピー」

「ピキ」

「ピ」

「ピュ」

彼らは土を被ってただの芽が出ているだけの鉢植えのようになった。

「おやすみ、ウニーちゃん」

「おやすみ、マメーちゃん」

ベッドが二つ並んでいる。今日からしばらく一緒におやすみできるのだ。

マメーはむふーと満足そうに笑みを浮かべると、部屋の明かりを落としてベッドの中に潜り込んだのだった。

第五章　かえるさんだめなのです！

ぱちり、とマメーは目を開いた。窓の板の隙間がぼうっと白く光っている。

「……あさ」

むくりとマメーは起き上がり、くしくしと片手で顔の目のあたりをこする。

ベッドから降りると、ぺたぺたと歩いて窓の方へ。

「よいしょ」

跳ね上げ式の、窓の木板をがたんと上げる。部屋に朝の爽やかな陽射しと空気が入ってきた。

つっかえ棒で窓の木板を固定して、いつも通りに明るくなった部屋を見る。

「……えへへ」

部屋を見渡せばベッド脇の机の上に師匠から貰った見習い魔女のメダルと、ゴラピーが師匠から貰ったオパールと、ブリギットとウニーがくれたガラスペンと虹色インクが朝日を浴びてきらきらと輝いている。マメーの宝物たちだ。

そしてその横には赤と黄色と青色の三つの植木鉢が置かれている。それらの土からは緑の双葉がぴょんぴょんぴょん、と元気よく天に伸びていた。

とてて、と鉢植えの方にかけよる。

マメーはそれらを抱えると、窓の方に持っていって葉っぱに光を当てた。

「よし」

マメーが覗き込んでいると、葉っぱがぷるぷると震え出した。

そしてぐっと土が盛り上がり、ぽこんと赤、黄色、青の上半身が順にでてくる。

「ピキー！」

「ピー！」

「ピュー！」

ゴラピーたちだ。彼らは身体をぶるりと振るわせて土を落とし、うーんとちっちゃい両手を上げて伸びをする。

「おはよ、ゴラピー」

「ピキー！」

「ピー！」

「ピュー！」

マメーと挨拶を交わし、げんき？　と尋ねられればうんうんと頷く。この一人と三匹は朝に強い。

「さてー」

マメーは振り返る。

マメーが起きてきたベッドの脇にはもう一つのベッドが置かれていた。布団がこんもりと盛り上がっている。

マメーはゴラピーたちを抱えてそちらに近づいた。

「ウニーちゃんおはよー！」

そう挨拶するが返事はない。布団が芋虫のように身を捻り、光や音から遠ざかろうとした。

マメーはゴラピーたちをベッドの上におろした。

「おはよー！」

ゆさゆさ。

開いた手でマメーが布団を揺する。

「ピキーピキー！」

べちべち。

赤いゴラピーがてちてちと布団の塊に近づき、頭上の葉っぱでべちべちと布団を叩いた。

「ピーピー！」

べちべちべちべち。

黄色いゴラピーもてちてちと近づき、葉っぱで布団を叩いた。

「ピューピュー！」

べちべちべちべちべち。

青いゴラピーも葉っぱをぶんぶん振って布団を叩いた。

もちろん布団の上からであるし、ゆさゆさべちべちしているのは小さな手と葉っぱである、痛くなどはない。だが寝続けていられるほど弱くもない。

布団の塊は身を丸くして耐えていたが、やがて諦めたのか紫がかった黒髪が布団の端からぴょこんと出てきた。

「……おはマメー」

オレンジの瞳はまだとろんとしている。

「おはウニー！」

「ピキー！」

「ピー！」

「ピュー！」

マメーたちは元気に挨拶を返した。

特定の属性の素質を強く有する魔女は、その肉体も属性の性質の影響を受ける。例えば炎の素質を強く有していると体温が高い傾向にあるなど。

植物系のマメーはお日様を浴びると元気だし、夜はすぐ眠くなる。闇属性のウニーは夜は遅くても大丈夫だが朝は弱いのだ。

ウニーも子供だから早寝早起きをさせられているが、大人になれば昼夜逆転生活をするだろう。

魔女らしいといえば魔女らしい性質ではあるのだが。

「あさごはんたべよー！」

「うにぃ……」

元気いっぱいなマメーはウニーの手を引いてベッドから起こす。

二人は朝の支度をして部屋を出るのだった。

マメーの住居でもある師匠の庵に、ウニーとその師匠のブリギットが逗留するようになって五日が経った。

「ししょーおはよー！　ブリギットししょーおはよー！」

「ピキー！」

「ピー！」

「ピュー！」

「おぁよごあいます……」

二人と三匹が部屋に入って挨拶すれば、二人の師匠も挨拶を返す。

「ああ、おはよう……」

「あら、おっはよー！」

今日はちょっと師匠が疲れているな、ブリギット師匠はなんかご機嫌で元気いっぱいだな、とマメーは思った。そして気づく。

「きらきらしてる！」

マメーはブリギットを見上げてそう言った。

ブリギットは身をくねらせながら艶やかな長い黒髪をかきあげて、ふふんと笑みを浮かべた。

「分かる？　分かっちゃう？」

「わかるよ、ブリギットししょー！」

ブリギットは「いぇーい」とハイタッチを求めてきたので、マメーは「いぇーい」とハイタッチを返した。

ピキピーピューとゴラピーたちも鳴くのでマメーが持ち上げ、ちっちゃい手でブリギットとハイタッチを交わした。

「ブリギットししょー、つやつやしてきれーよ」

マメーはブリギットを賞賛した。彼女の肌は昨日までよりも、もちもちとして輝いているように見えた。

「まあ、おチビちゃんったら、なんて素直でいい子なのかしら！」

ブリギットはマメーを持ち上げてくるくると回転した。

「あははー！」

マメーは笑い、ゴラピーたちは僕も僕もと言わんばかりにぴょんぴょんと跳んで鳴いた。

ウニーはグラニッピナ、マメーの師匠に声をかけた。

「……調薬、お疲れ様でした。うちの師匠がすいません」

「ふん、全くずいぶんと急かしおって。まあこれでやっとゆっくりできるさね」

マメーはぴたりと動きを止めた。薬ができたということは……。

「ウニーちゃん、ブリギットししょー、かえっちゃうの？」

「うーん……」

ブリギットはぽりぽりと頭をかいてしゃがみ込み、マメーと目を合わせた。

「まあ、仕事はあるのよね。朔《さく》……月のない夜の大潮にやらなきゃいけない儀式があってね」

ブリギットの二つ名は大海と蒼天の魔女である。海や航海に関する大規模な儀式にはしばしば参加しているのだ。

「ウニーにも儀式見せなきゃいけないしさ、もうすこししたら帰らないと」

ブリギットたちがここにきたのは満月の翌日なので、もうすぐ下弦の月の頃である。儀式の準備も考えれば数日のうちに帰らねばならなかった。マメーは悲しかったがこくりと頷いた。

「ん、おしごとだいじ」

師匠が頑張ってお仕事しているのを見ているのである。もちろんブリギット師匠も頑張ってお仕事をすると分かっているのだ。

ブリギットはぽんぽんとマメーの頭に手を置いた。

「そうね。さ、朝食にしましょ？」

「ん」

マメーの言動は幼いがそのあたりの物分かりは良い。だが、感情が追いついているかは別である。

彼女は朝食をとる間、やはり寂しいのかウニーにひっついていた。

「ウニーちゃん！」

「ピキー！」

「ピー！」

「ピュー！」

ゴラピーたちもマメーやウニーにくっついていたのでウニーはさぞや食事がしづらかったであろうが、文句を言うことはなかった。ウニーもまたマメーほどではないが同年代の友人は少ないのである。

食事のマナー的にも褒められたものではないが、どちらの師匠もそれを注意はしなかった。

そして食事の後、片付けや花への水やりなどをすませ、魔術の授業である。その頃にはマメーも気持ちが収まっていた。

「じゃあ始めるかねえ」

師匠がそう言って、マメーの前にミントの鉢植えを置いた。ゴラピーたちは卓上でマメーに頑張れと言うようにぐっと拳を挙げた。

ウニーとブリギットは見学だ。他の魔女が魔術を使うのを見るのも大事な勉強なのである。

「あい！」

マメーは元気よく答えた。師匠はマメーに見習い用の杖を渡しながら言う。

「そうさね、じゃあ〈繁茂〉の術式を使ってもらおうかね」

〈繁茂〉とは植物の葉っぱを茂らせる植物系の魔術である。虫などの食害で葉が減ってしまった時などに使って、葉っぱを増やして被害をなくすことなどができるものだ。

マメーはこくりと頷き、見習い用の短い杖を鉢植えに向けて高らかに呪文を唱えた。

「〈はんもー〉！」

師匠たちはマメーの魔術を観察している。ちょっと舌足らずな発音ではあるが魔術を発動するための詠唱に問題はなく、杖の先端も真っ直ぐミントに向けられていた。

何より師匠は〈魔力視覚〉の術を使っていた。普通の人間には見ることができない魔力を輝きとして知覚する魔術だ。マメーの体内の魔力が強く輝いたかと思うと、それが手にした杖の先端からきらきらと放出され、鉢植えのミントに向かっていくのが見えた。完璧な魔術の行使である。

だがその光はミントに当たる直前で、ぐにゃりと向きを変えて分裂し、マメーの手元に戻っていった。

「なんじゃそりゃあ！」

思わず師匠は叫ぶ。

戻ったのは厳密にはマメーの元ではない。ゴラピーたちに向かっていた。

「ピュー」

青いのは師匠がこちらを見ているのでなんとなく返事をした。

「ピー？」

黄色いのは頭上がなんか重いのに気づいて疑問の声を上げた。

「ピキー！」

赤いのは頭上の変化に気づいて歓声を上げた。

ゴラピーたちの頭上の葉っぱが、もさあっと茂っていた。

「ぷっ……ふふふ……ごめんなさい、失礼……ぷふふ」

ブリギットが笑い出した。

ゴラピーたちの頭から茎がにょろっと伸び、その先から緑色の房がはえているように見える。エノコログサ、いわゆる猫じゃらしのようだ。

自重で垂れたその房がゴラピーたちも気になるのか、捕まえようと手を伸ばしているのが猫じゃらしにじゃれつく猫のようである。

ブリギットはその様子がツボに入ったのか笑いが止まらない。

「しっぱいしちゃった？」

マメーは杖をおろし、首を傾げた。

魔法を覚えてから毎日練習しているが、初日からずっとこんな感じである。マメーの問いかけに師匠は首を横に振った。

「マメー、あんたは魔法をなにも失敗してないさね。魔力を見てたがあれだ、ゴラピーたちが魔法を吸って曲げてるのさ」

「ふーん？」

「魔法の偏向は高等魔術に属するようなものなのでは？」

ウニーが手を上げて尋ねた。

魔術の向きを変える魔術というものがあるが、極めて難しい魔術である。ゴラピーたちがそんなものを使えるとは思えないのであった。

師匠は肩を竦めて指を振る。それだけの仕草で指先に星型の光が発生し、真っ直ぐ空中を飛んで壁にぶつかってはじけて消えた。

「きれー！」

マメーはぱちぱちと手を叩き、ゴラピーたちも音はしないがぺちぺち手を叩く動作をした。

師匠は言う。

「な、あたしの魔法は見向きもしないのさ。マメーの魔法だけ欲しがるんだからそういう性質ってだけさ。高等魔術を使ってる訳じゃあない」

ウニーは考え込んだ。師匠は優しく声をかける。

「いいよ、どんなことでも言ってみな」

「植物系の魔術を吸うという訳ではないですか？」

師匠はふむ、と唸った。

「どれ、〈繁茂〉」

師匠はミントの鉢植えに無造作に手をかざした。杖や魔術剣というのは魔術の行使を補助する道具にすぎない。術式は過たず発動し、ミントの茎がぐぐっと伸び、そしてミントの葉っぱがもさあっと増えた。

「ふむ」

師匠は卓上のゴラピーたちを見おろす。

葉っぱだらけで玉のようになったミントを見て、すごーいと喜んでいるように見える。

「ピュー？」

目のあった青いゴラピーが首を傾げた。

「植物系でも婆の魔力はいらんか」

ウニーは言う。

「マメーちゃんの魔力にしか反応しないんですかね」

ふーむ、と師匠は唸ってマメーに尋ねた。

「マメーはどう思うさね？」

ん、とマメーは頷いた。

「いまマメーのまほーたべたばっかりだったから、おなかいっぱいなんだとおもう」

ピキピーピューとゴラピーたちは肯定するように鳴いた。師匠やウニーはなるほどと頷く。

「ししょーのまりょくもたべられるけど、ゴラピーたちはマメーのまりょくがすきー」

「ピキー！」

「ピー！」

「ピュー！」

マメーがそう言えば、ゴラピーたちは肯定するようにぴょんと跳んだ。マメーは魔術に対する知識こそまだ浅いが、ゴラピーたちがマメーの使い魔のようなものであるとすれば、そこには魔力的な繋がりがあり、その意見は正しい可能性が高いだろう。

「えへへー、マメーもゴラピーすきー」

「ピー！」

黄色いゴラピーがぴょんとマメーの腕の中に飛び込んだ。

それを見て他の二匹もマメーにくっつきにいく。

師匠はやれやれ、ここまでかと立ち上がった。

「マメー、葉を間引いておいておくれ。それで精油を作るからね。その後は勉強の続き」

「あい！」

「あたしゃ奥に行くよ。ブリギット、あんたは薬の支払いだ」

「ええ、そうね」

薬の支払いといっても、金や宝石で払うようなものではない。高位の魔女は金には困らないからだ。特に魔女どうしの取引では魔術の儀式に使う希少な素材などの物々交換や、魔術儀式への協力などが求められる。

ブリギットは頷くとウニーに指示を出した。

「ウニーも水属性の続き自習してて」

「はーい」

師匠が部屋を出ようとすると、青いゴラピーが「ピュ？」と鳴く。

「ゴラピーが『ぼくは？』っていってるよ」

赤と黄色のゴラピーも師匠を見上げた。

彼らも何か指示が欲しいようだ。

「散歩でもしておいで。そのへんでなんか実でも採ってくるといいさね」

「ピキー！」

「ピー！」

「ピュー！」

師匠がそう言えば、ゴラピーたちは片手を上げ、嬉しそうな鳴き声をあげた。

師匠たちが部屋を出るとマメーは外にゴラピーを連れ出し、いってらっしゃいをした。扉はゴラピーたちが通れるようにほんの少し開けておく。本当はダメなんだけど、お客さんが来ることもそうはないのだ。

ゴラピー用のちっちゃい出入り口とかあるといいなあ。ちっちゃい扉から「ピ！」って入ってきたら可愛いのに。師匠用意してくれないかなあ、とマメーは思う。

そして籠を用意して卓に戻ると、ミントの葉っぱをむしり始めた。

青いさわやかな匂いが部屋に満ちる。

「マメーちゃんは植物系以外の魔術はまだ教わってないの？」

魔術書を取り出して眺めていたウニーは、マメーに尋ねる。

「んー。まずはとくいな、しょくぶちゅけーからおぼえろって。ししょーがそういってた」

「そっか」

マメーは葉っぱをむしりながら答えた。

植物系は生命に関わる属性でもある。達人階位《アデプト》である師匠たちにとっては大差ないが、初心者のマメーたちにとっては本来高度な術だ。普通であればもっと単純な〈発火〉や〈光〉などから覚えるものである。

ウニーのような完全特化型はそもそも闇と水以外の術を使えないから仕方ないが、マメーは準特化型。他の術式から覚えても良いのではないかとウニーは考えたが、グラニッピナ師匠の方針は違うようだ。

「わたしはねー、まじょにしてはまりょくがすくないからー、とくいなのからやったほうがいいんだって」

「あー、マメーちゃんそうなんだっけ」

「ん」

マメーは魔女のなかで魔力が少ない方である。それはまだ幼さにより体力や魔力が成長していないことが理由の大半を占めるが、それにしても才能の豊かさに反して少なめであると師匠は考えていた。

魔法を使えば当然ながら体内の魔力が減る。それは時間が経てば周囲の魔素を吸収することで回復するものではあるが、魔力が空になれば一時的に魔法は使えなくなる。

つまり、魔力が少ないと魔法の実技練習の回数が減るのである。それであれば得意なものをまず伸ばす方に注力すべきというのが師匠の方針なのだ。

しかしこの方針もいずれ変わる日が来るだろう。なぜならまだ師匠もマメーも体感できていないが、その魔力を増やすよう、マメーにせっせと魔力の実を食べさせているちっこいのたちがいるからである。

「よし、おわりー」

「おつかれー」

マメーがミントの葉っぱをちょうど良いくらいにむしり終えた。鉢植えを日当たりの良い場所に、葉っぱには布を被せて日陰に置く。そして勉強を始める。

「えーっと、けるべろすとやまたのおろちがあわせて10といいます。あたまをかぞえたら50こありました。けるべろすとやまたのおろちはそれぞれなんというますか？　えっとー……けるべろすのあたまって3つだっけ？」

「……そうだよ」

こうしてふたりが勉強に集中し、昼も近づいた頃である。マメーが突然立ち上がった。

「ど、どうしたのマメーちゃん？」

「たいへんなの！」

マメーの顔が白い。

「な、何があったの？」

「なにかわからないけどたいへんなの！」

マメーがそう言った時であった。

「ピー！」

小屋の入り口の隙間から黄色いゴラピーが駆け込んできたのだ。

時間は少しさかのぼり、小屋の前に伸びる小径の上である。

「ピキッ」

「ピッ」

「ピュッ」

三匹のゴラピーたちはおのおのが庭の違う方向を指差し、頷きあった。

自分たちがどちらに向かうかを決めたのだ。

三匹はピキピピューと鳴きながら手を振って別れ、小径や草むらをてちてち、がさがさと歩き出す。手分けしてマメーにあげる実を探すのだ。

「ピュ〜」

さて、そのうちの一匹、青いゴラピーは薬草園の方へと向かった。このあたりに植えられているマメーの育てている草にはマメーの魔力がこもっている。

ゴラピーには心地よく感じられるが、探しているのはそれではない。

てちてち、てちてち。

やがて薬草園の端っこにある沼へと辿り着いた。

「ピュピュピュー、ピュピュピュ〜」

ゴラピーはご機嫌な鳴き声をあげながら歩く。

「ピュ？」

何か見つけたのかしゃがみ込んだ。拾い上げたのは植物の種である。

「ピュー……」

しばしじっと見つめていたが、お気に召さなかったのか沼の中にぽいと捨てた。

「ピュピュピュー」

そして再び歩き出す。

それを見ていたものがいるのである。

水面の揺れを感じたためか、沼からぎょろりとした目が覗いた。沼に棲むでっかいヒキガエルであった。

彼の目には青くてちっこい生き物がご機嫌そうな鳴き声を上げながら沼の周りをてちてちてちてちと歩いているのが見える。ときおりきょろきょろと周囲を見渡したりしているが、警戒のためというより何かを探している動きであった。

「げこげこ」

彼は小さく鳴くが、青いのはとくにそれを警戒する様子も見えない。

このあたりの沼に棲むカエルやらヘビやらの中でも、でっかい沼の主のようなのは師匠の使い魔である。彼らは普段、小屋の周囲で侵入者を警戒しているのだ。

使い魔ゆえに普通の動物よりずっと知恵がある。

師匠と師匠の弟子であるマメーのことをちゃんと認識しているし、以前そのマメーが『ゴラピーってゆー、わたしのおともだちができたんだけどー、それはたべないでね！』と言っていたのだって覚えている。

「ピュピュー」

ゴラピーを紹介されてはいないが、その日からマメーと共にいるようになった二匹の気配は判るし、マメーが薬草園の水やりをしているときに遠目に見ている。

その二匹とはちっちゃい赤いのと黄色いのである。すぐに似たような大きさの青いのが増えたが、それはマメーがそう言ったのよりも後になって増えた生き物だ。

つまりこの青いのはゴラピーではないから食べていいはず。ヒキガエルはそう判断した。

「げこげこ」

あーん。

彼は大きく口を開くと、ピンク色の舌が矢のような速さで伸びて青いゴラピーの体にくっついた。

「ピュー!?」

青いゴラピーは悲鳴を上げた。

舌は同じ速度で引き戻される。

ぱくり。


「ピー!?」

黄色いゴラピーは少し離れた草むらの中で、引っ張っていた木の実から思わず手を離し、その勢いで転んだ。

手を離したのは、青いのの悲鳴が聞こえた気がしたからだ。

ゴラピーたちは離れていても、なんとなく互いの様子や考えていることがわかるのである。

「ピキー！」

赤いゴラピーが黄色いのの横を全速力でてちてちと薬草園の方に向けて走っていく。

青いのの元へ向かっているのだ。

自分がすべきことは……。

「ピー！」

マメーを呼びに行くことだ。黄色いゴラピーはそう考えた。

黄色いのはてちてちと走って、小屋の扉の隙間から中へと入れば、顔を白くしたマメーが立ちあがっていた。マメーにもまたゴラピーの危機が伝わっているのだ。

「ゴラピー！」

「ピー！」

マメーはかがんで黄色いゴラピーを掬いあげると、そのまま外へと走り出す。

「ちょっとマメーちゃん!?」

ウニーも慌ててその後を追った。

「どっち!?」

「ピー！」

ゴラピーが指さした方向は薬草園の奥である。

マメーがとことこ走っていくと、クレソンの植えられている沼の中ほどで、赤いゴラピーが暴れているのが見えた。

「ピキーピキー！」

頭上のもさもさ葉っぱを勢いよく振りながら、べちべちと叩きつけるような動きをしている。

叩きつけているのは沼の水面ではなく、灰色のヒキガエルだ。ゴラピーよりずっと大きいが、特に抵抗することはなく、だが迷惑そうに顔を背けようとしている。

「ピキー！」

べちべち。

ヒキガエルが赤いゴラピーを攻撃していないのはマメーにそう言われているからだ。

とはいえゴラピーは青いのを返せというようなことを言っているのだが、彼らの言葉までは理解できていないのだった。

「ゴラピー！」

マメーは走る。

そして赤いゴラピーが叩くカエルの口から見覚えのあるもさもさ葉っぱがはみ出しているのを見た。

「かえるさん、ゴラピーかえして！」

マメーはそう叫びながら、走る勢いそのままで沼にざぶんと飛び込んだのであった。

マメーが飛び込んだのは沼の中央近く。勢いがつき過ぎたのか、カエルを飛び越すほどの距離であった。

「カエルさんだめ！」

そう言いながらばちゃばちゃと暴れてヒキガエルの頭がばしばし叩かれる。

「ピキー！」

赤いゴラピーもマメーと一緒にカエルをべちべち叩いた。

「ピー！」

マメーと一緒に飛び込むことになった黄色いゴラピーは、ヒキガエルの口からはみ出ている青いゴラピーの、もさもさした葉っぱをぐいぐいと引っ張った。

「ぐえっげこ」

マメーを害することを師匠に許可されていないカエルは、抵抗することもできず迷惑そうな顔をしてぱかりと口を開け、ぺっと青いゴラピーを吐き出すと、ぶくぶくと泡を吐きながら沼を泳いで逃げていった。

「ゴラピー！」

青い身体はぬめってぐったりとしている。茎は折れ、根っこでできているであろう身体の部分も割れていた。

「ピキー……」

「ピー……」

赤と黄色のゴラピーが悲しげな鳴き声をあげる。マメーは泣きそうだった。

「マメーちゃん！」

ウニーの叫び声が聞こえた。マメーははっとする。ここは沼の中で、ローブに水が染みてきている。マメーたちが暴れて泥で濁った水が。

「ウニーちゃっ……っ！」

マメーはゴラピーたちを抱え、水を吸って重くなったローブで動こうとするが上手く体が動かない。水泳など学んだこともないのだ。

ウニーは沼の縁に膝をついて身を乗り出し、マメーに手を伸ばすが届かない。

ウニーは立ち上がり、ローブの中から短杖を抜いた。こんな時のための魔法である。

「〈闇〉！」

ウニーの隣に光を通さぬ闇の半球が形成される。そして深呼吸を一つ。

「〈闇変形〉！」

闇の半球が変形し、蛇のように沼の上へと伸びていき、樹の枝のように分かれていった。

「それから……〈闇・性質変化〉っ！」

闇がどろりとたわんだ。闇が重さを得たのだ。つまりウニーは本来なら光を遮るだけの闇を固体とし、綱のようにして掴まってもらおうとしたのである。

だがその時であった。

「げこっ」

泳いできたヒキガエルが低く鳴きながら岸に上がってきた。それはウニーの目の前で、てらてらと輝く灰色の瞳がウニーの視線と合った。

「ひっ……！」

ウニーは、大半の女の子がそうであるように、カエルがあまり得意ではなく、しかも彼のようにでっぷりとしたヒキガエルは苦手だった。

集中が乱れる。

〈性質変化〉は見習いには高度な魔術なのだ。

先日、マメーたちに披露した時も、落ち着いた状態で魔力を整え直してから使用していた。そもそもまだウニーには魔術の連続使用は厳しく、それも焦った状態であり、そして今カエルを見たことで完全に集中が乱された。

掴まろうとしたマメーの手が闇をすり抜けて沼に落ち、ばちゃりと音をたてた。性質が元の闇に戻ったのである。

「えっと……、えっと……！」

ウニーは再び魔力を練り直そうとするが、焦って詠唱の言葉が出てこない。こうしているうちにもマメーの身体がだんだんと沼に沈んでいくのだ。

「ウニーちゃっ……！」

「〈闇・性質へ〉っ……！」

ウニーは再び魔法を使おうとするが、一瞬意識が遠のいて魔術を唱え切ることができなかった。

魔力が不足していたのである。魔術は成功失敗にかかわらず、行使すれば魔力は失われる。連続での使用ができるほどウニーの魔力はまだ育っていないのだ。

おそらく、マメーを助けるなら水系統魔術の〈浮力〉でもかけてマメーに沼の中でぷかぷか浮いてもらって、棒でも持ってくるか師匠たちを呼びに小屋に戻るのが一番良かったのだ。

だが、心理的にマメーを置いて離れるというのは難しいというのもあるだろう。ゴラピーも助けるため急がなくてはと焦ったのもあるだろう。ウニーは難度の高い魔術を使おうとして失敗した。

「どうしてっ」

ウニーの口から無力を嘆く言葉が漏れた。

その横を銀の風が通り過ぎた。

それは人間の大人が走ることによるものであり、銀に見えたのは輝く鎧だった。

「マメー！」

男性の叫ぶ声が森に響き、彼はざぶん、と大きな水音と共に沼に飛び込んだ。

鎧姿の男は力強く沼を掻き分けるように進むと、マメーの首元を掴んでぐいと持ち上げる。

「ルイ……ス……？」

マメーの口から弱々しく尋ねる声が出た。兜を被っていて、顔が見えなかったのだ。ルイスはマメーを片手で抱きかかえると、面金を上げる。澄んだ碧眼がマメーを捉えた。

「ええ、ルイスですよ、マメー。泳ぐのには早い季節では？」

「うわあああぁぁん！」

マメーは火のついたように泣きだし、ルイスに抱きついた。

「ピキー！」

「ピー！」

赤と黄色のゴラピーたちもルイスの鎧にぴとりと身を預けた。

「まずは沼から上がりましょうか」

ルイスは体を反転させると、再び力強く水を掻き分けて、岸へとたどり着いたのだった。

「うわあぁぁんマメーちゃんごめんねぇ！」

「うわあああぁぁぁん！」

そこにはもう一人の少女がいてマメーに抱きついてきたので、ルイスは困った顔で泣きじゃくる二人を抱き上げて魔女の小屋へと向かったのだった。

ルイスが泣きじゃくる二人をあやすように揺らしながら抱きかかえて魔女の庵の前まで歩くと、小屋の扉がばんと勢いよく内から開けられた。

「おっとこれはグラニッピナ師と……」

扉からは慌てた様子で、ローブを羽織った老婆と妖艶な美女が現れた。

「あら、ブリギットよ。あなたの抱えてるウニーの師匠」

美女はそう軽く名乗りを上げた。サポロニアン王国とはあまり関わりがないが、このあたり数カ国に跨って活動する高名な魔女の一人だったはずだ。とルイスは思い起こす。

ルイスは両手が塞がっているため、礼は頷くにとどめて挨拶した。

「サポロニアン王国銀翼獅子《シルバーグリフォン》騎士団所属、ルイス・ナイアントと申します。魔女ブリギット師」

挨拶の口上は、二人の少女の泣き声に遮られた。

「うぇぇぇん、じじょー」

「うぇぇぇん、師匠ー」

グラニッピナは大きなため息をついた。

「弟子たちが世話になったようだ。そして大きな借りができたようだね。ま、あがんな」

そう言って踵を返し、〈浄化〉と呟いて、指で乾いた音を鳴らす。ルイスたちの身体から泥などの汚れが落ちた。

「ふふ、水も滴る良い男ね、あなた」

ブリギットは笑う。ルイスは端整な顔立ちではある。だが、それを褒められたのか、実際にずぶ濡れなのを揶揄われたのかは判断がつきかねるところであった。

「〈乾燥〉」

ルイスたちの体表や服の水分が消えた。水でずしりと重かった服が軽くなる。

そうして部屋には二人の魔女と二人の魔女見習い、ルイスと三匹のゴラピーたちが入ったので、随分と狭く感じられた。

部屋の奥の壁に杖を立てかけて、さっさと座った師匠が言う。

「薬の件だろうがずいぶんと戻るの早かったじゃないか。おかげで助かったようだが」

実際、まだ一週間も経ってないのだ。

「ええ、城に戻って報告を済ませてすぐにこちらに……」

師匠は手のひらをルイスに向けて言葉を止めた。

「ああ、そうだろうとも。弟子を助けてくれてありがとうよ。あんたの望みは叶えるさね。だが、今はちょっと待ってはくれないかい？」

ルイスは頭を下げて肯定し、抱きかかえていたマメーとウニーをそれぞれの師に渡した。そして赤と黄色のゴラピーを卓の上にそっと置き、部屋の隅へと下がった。

「マメー」

「ししょー……ゴラピーが……」

泣き止んでいたマメーは項垂れてそう言った。

「ピキー……」

「ピー……」

赤と黄色のゴラピーもしょんもりと頭上の葉っぱを垂らして鳴いた。

マメーは懐に抱きかかえていた青いゴラピーを師匠に見せる。茎は折れ、身体は割れ、ぐったりとして動かなかった。

「食われたか」

「ん……なおる？」

師匠は静かに首を横に振った。

「こいつは無理さね」

「ひぅっ……」

どう見ても致命傷ではある。植物としても動物としても。

実のところ、ゴラピーの生態が不明であるとしても、万象の魔女たるグラニッピナが全力で当たれば治せないとは言い切れない。だがそれには希少な魔術の触媒などの対価が必要だ。今のマメーではとうてい払えないほどの。

もし、マメー自身が傷を負ったのであれば師匠はそんな対価などいっさい考えずに彼女を救ったであろうことは間違いない。だが、ゴラピーはマメーの使い魔のようなものなのだ。使い魔の責任は主人が負うものであるし、使い魔は基本的に主人より非力で短命である。それに強く入れ込んではいけないというのが魔女にとっての常識なのだ。

師匠はゴラピーを通じてそのことをマメーに伝えようとした。

「ピュ……」

青いゴラピーが弱々しく鳴いて、僅かに目を開ける。マメーの琥珀の瞳と視線が合い、そしてゆっくりと目を閉じた。

「だめー！」

そう叫んだマメーの身体から魔力が奔流のように溢れた。

ブリギットとウニーがこちらを向く。魔術師でもないルイスすら反応し、警戒態勢を取るほどであった。

「おやめ！」

師匠が叫ぶ。マメーは死に瀕したゴラピーを治そうとしている。危険な量の魔力だ。師匠から見てマメーの魔力は多くないし、さらに言えばゴラピーを三匹も使役しているためにその魔力の半分は常にそちらに流れてしまっているような状態である。こんな奔流が如き魔力を放出できるはずはない。

魔力は枯渇すれば通常は魔術が使えなくなるだけだ。だが三つ星《スリースター》以上の才能がある系統であれば、その魔術は自身の生命力を魔力に変換して使うことが可能なのだ。もちろん、そのやり方は通常教わらなければできるものではない。しかし、五つ星《ファイブスター》であるマメーであれば才能だけでそのやり方に至る可能性があった。

師匠がマメーに魔術を教えるのに慎重だった理由の一つであり、その懸念は今現実のものとなった。

「〈しょくぶちゅさいせー〉！」

治癒ですらなく再生かと師匠は舌を打った。

〈再生〉は〈治癒〉の上位術式だ。人間であれば失われた四肢や臓器すら復活する。ゴラピーの状態から〈植物治癒〉では足りぬとわかるセンスは流石だが、それを発揮して欲しくはなかった。当然、必要な魔力も数倍なのだ。

「〈昏睡〉っ……！」

師匠は壁に立てかけた杖を急ぎ手にし、マメーに向けて術を放った。

意識を強制的に失わせ、術を中断させようとしたのである。

「あっ……！」

とさり、と軽い音を立ててマメーが倒れた。師匠が杖を突きつけた体勢のまま、しばし誰一人動けなかった。

マメーも床の上に倒れて動かない。赤と黄色のゴラピーたちすら卓の上で息を殺すように固まっていた。

がさり、と倒れたマメーのローブが動いた。

「ピュー……？」

青いゴラピーが鳴きながらのそのそと這い出してきたのだった。

「ピキー！」

「ピー！」

赤と黄色のゴラピーたちは青いゴラピーが元気そうであることに喜んでぴょんと跳んで手を振る。

「ピュー」

青いゴラピーは卓上の彼らに向けて両手を振るが、すぐにマメーへと振り返った。

マメーはうつ伏せに倒れて動かない。

「ピュー……」

ゆさゆさと揺するような仕草を取るが、ゴラピーの小さな手で彼女は動かない。

「ピキー……」

「ピー……」

赤いのと黄色いのも不安そうに卓の下を見下ろす。

グラニッピナが言った。

「ルイスと言ったね。あんた、この子を抱えてやってくれるかい」

「……ええ、かしこまりました」

ルイスはかがみ込むと、うつぶせになっている彼女を仰向けにして背と膝裏に手を回して持ち上げ、立ち上がった。

彼女の顔面は蒼白であった。呼吸も止まっているかのように弱い。

「マメーちゃんは！　マメーちゃんは何をしたんですか？　大丈夫なんですか⁉」

ウニーが尋ねた。ルイスもそれは大いに気になっている。だが……。

「悪いね、説明は後だ。一刻を争うのさね」

グラニッピナはそう言いながら足早に部屋を出た。

「ピキー……」

「ピー……」

卓上のゴラピーたちが小さく鳴いた。

ルイスが前回来た時はいなかった青いのは、マメーのローブにしがみついて胸の上のあたりにいた。

「ピキッ」

ルイスはマメーを抱え直しながら片手を卓上に伸ばす。

「ピッ」

彼らはぴょんとルイスの手甲に飛びついた。そしてルイスの腕をつたってマメーのローブに掴まり、さらによじ登っていく。

ルイスは特に何も言わず、しれっとグラニッピナの後を追った。

「ここに寝かしておくれ」

連れていかれたのはベッドである。

部屋の家具は小さめであり、マメーのための子供部屋であろうことはすぐに見てとれた。

ベッドの中央にマメーを横たえると、グラニッピナはマメーのローブをまくって腹を出す。そしてお腹のへその上あたりに杖の先端を当てた。杖の先端から暖かな魔力が流れる。そして逆の手を虚空に開いた穴に突っ込み、薬瓶を取り出すと、器用に蓋を口で開けた。

後を追ってきたブリギットが尋ねる。

「アタシは何か手伝えるかしら？」

「ブリギット、治癒魔術を。ウニー、あんたはこの飲み薬を綿に染み込ませてマメーに飲ませてやっておくれ」

「分かったわ」

「はいっ！」

ルイスも申し出る。

「私は何か手伝えますか？」

「ふん、ここで見聞きしたことを王都に黙っててくれるのが一番の手伝いだがねえ。それとあんたの有り余ってる体力をちょいと貸してもらうよ」

薬瓶をウニーに渡し、ルイスの身体にそのあいた手を当てる。

がくり、とルイスの身体から力が抜けた。身体がふらつき、思わず膝をつきそうになる。

「何をっ……！」

いや、思わずそう呟いたが、ルイスには分かる。体力が奪われたのである。一種の悪魔や吸血鬼、霊体の化物などが使うことがある技で、ルイスも騎士としてそれらと戦ったことがあるのだ。

だが、ここまで素早く、またごっそりと持っていかれたのは初めてだった。

「へえ、話せるなら大したもんだ」

グラニッピナは笑みを浮かべると、ルイスに触っていた手を離して杖に添える。長い杖の先端に取り付けられた宝玉が輝きを放つと、それはマメーのすべすべの腹へと吸い込まれていった。

「ピキー？」

「ピー？」

「ピュー？」

ベッドの上、ゴラピーたちが師匠を見上げて鳴いた。グラニッピナには彼らの言葉はわからない。

だが、何が言いたいか分からないようなこともない。

「マメーを応援してやんな。ああ、あとね」

彼女は再び虚空に手を突っ込み、別の瓶を取り出した。ゴラピーたちの蜜の入っている瓶だ。

「こいつをマメーに使ってやるからさ、またおくれよ」

「ピキッ」

「ピッ」

「ピュッ」

ゴラピーたちは頷くと、ぐっと力を込めるような動きをとった。

ぽん！　ぽんぽん！

ゴラピーの頭の葉っぱが消えて花になった。

「えっ、は？」

ルイスが驚愕の声を上げる。

彼らが唖然とする前で、ゴラピーたちはてちてちとマメーの枕元に移動し、マメーの口元でふりふりと頭上の花を振った。

ぽたり、ぽたりと蜜が唇に落ちる。

変化は劇的だった。

マメーの唇や顔に血色が戻ったのだ。

「ピキー！」

「ピー！」

「ピュー！」

ゴラピーたちはぴょんと喜びに跳ねた。

グラニッピナは、はぁと大きなため息をついた。もちろん、今の蜜だけで治ったわけではない。

グラニッピナの与える魔力とブリギットの治癒魔法、ウニーが与えた薬あってのことで、あれは最後のひと押しにすぎない。

だが変化が劇的すぎた。少なくともルイスの目には。

「ルイス、いやルイス・ナイアント卿。万象の魔女の名において改めて頼みたい。この件は王都で報告をしないでおいておくれ。対価はなんでも払おうじゃないか」

「万象の魔女よ、ルイス・ナイアントの名に掛けて、このことは私の胸の内に秘めておきましょう」

ルイスは重々しくそう答えた。

「ありがとうよ」

マメーの腹から杖をどかしながら、疲れた声でグラニッピナはそう言った。

すやすやと眠っているようにみえたマメーはぱちりと目を開けた。

「ピュー！」

青いゴラピーが横になっているマメーの顔に抱きついた。

「ゴラピー……」

「ピュー……ピュー……」

ゴラピーはマメーの頬に顔をこすりつけるようにして、ごめんなさいごめんなさいと鳴いた。

「いいのよ、ゴラピー」

「マメーちゃん！」

ウニーもまたマメーに飛びついた。

「ごめんねぇ……助けられなくてごめんねぇ……」

「だいじょぶ、たすけようとしてくれてありがと」

わんわんと泣くウニーの後ろから師匠は魔法を使った。

「〈診察〉」

〈鑑定〉術式の医術用に特化したものだ。どうやら問題はなかったようで、師匠はどっこらせとマメーの身体から杖を退けて壁に立てかけた。

「ししょー、ごめんなさい」

「何に謝る？」

「めいわくかけちゃった」

ふん、と師匠は鼻で笑った。

「弟子が師匠に迷惑をかけるのは当然さね。あんたが今ゴラピーを許したように、そんなもの迷惑のうちに入りゃしないよ。もちろん、あたしらだってあたしらの師匠にはずいぶん迷惑をかけた。ブリギットなんざ、魔術の失敗で山一つ吹き飛ばしてるしね」

大きな才能や魔力を持つものが魔術に失敗すれば、その被害が甚大になることがあるのだ。

「ちょっと、そこでアタシの失敗を言うのは違うんじゃないかしらー？」

ブリギットが不平を述べる。もちろん、グラニッピナも弟子時代に同等かそれ以上の失敗を犯しているのだ。

師匠はそれには取り合わず、言葉を続ける。

「アンタが謝るのは違うことさね」

「……しにかけたこと？」

マメーはしばし考えてそう口にする。師匠は頷いた。

「まず、焦って泳げもしないのに沼に飛び込んだこと。それとゴラピーを助けるために使ってはいけない力を使ったことだ。なんであんたが倒れたのか分かってるかね？」

「まりょく、つかいすぎた……」

師匠は首を横に振る。

「まずは単純な魔力枯渇、それと魔力変換による生命力の枯渇さね」

「魔力変換……教えてたの⁉」

ブリギットが叫ぶ。

生命力を魔力に変換するのは魔術師の間では秘術とされる。それを扱うには三つ星の才能が必要とされるが、三つ星の魔術師は殆どいないからである。

だが魔女の間では一般的な技術だ。ひとつ以上の系統が三つ星以上でなくては魔女と認められないからである。もちろんグラニッピナもブリギットも魔力変換を扱えはする。

だが、危険な技術であるのは間違いない。

「そんなわけあるものかい！　勝手に閃いたんだろうよ」

「失言だったわ、ごめんなさい」

グラニッピナはふん、と鼻息をつく。

そしてマメーの緑色の髪に手を置いて言った。

「これだから……のガキなんぞに魔法を教えることになるのは嫌だったんだよう」

師匠が口を濁したのは五つ星の才を持つということだ。ルイスの前でそれを開示する必要はない。

師匠は悪態をつくが、マメーはその言葉に傷ついたりはしない。マメーの頭を撫でる師匠の乾いた手はいつだって優しいからだ。

「追加の人員をよこすよう協会に連絡してるのに、返事すらよこさないしね！」

協会長《マジスターテンプリ》が緊急ふくろう便を申請不受理としたことを師匠は知らない。

「ったく……マメー、あんたは死にかけた」

「うん」

「ゴラピーを仲間と、友達とみなすのが悪いとは言わんがね。それは自分の命あってのことだ」

「うん」

「分かってないね。青を助けるためにあんたが死んだら、赤と黄色も死ぬんだよ」

ひうっ、とマメーは息を飲んだ。

マメーとゴラピーの間には魔力的な繋がりがある。マメーの魔力で動いているということだ。マメーが死ねば当然、魔力の供給元が絶たれて死ぬ、少なくともただのマンドラゴラの苗には戻るだろう。

「ピキー！」

「ピー！」

赤と黄色のゴラピーたちも慰めるようにマメーの顔に抱きついた。

「ごめんねぇ……」

マメーはゴラピーたちに謝罪の言葉を述べた。

「ま、反省は後で自分でしな。それと、あんた多分何らかの後遺症が残るよ」

「こーいしょー」

「いくらちっちゃい生き物とはいえね。死にかけの魔法生物を一瞬で治癒するには、あんたの使いかけの魔力と、ちっちゃな身体の生命力を足しても本来足りはしないんだ。何らかの代償を払ったはずだよ」

ウニーががばっと立ち上がって尋ねる。

「それは、何ですかっ⁉」

師匠は首を横に振った。

「わからん。今〈診察〉の魔術を使ったが、健康そのものだ。だが、魔術において因果は必ず巡るものさね。魔力に不足があったのに成功したってことは、将来の何かを代償に払ったってことだよ」

マメーはうんと頷き、ウニーは顔をくしゃりと歪めた。

「さ、マメー。立ち上がってみな。ゆっくりだよ」

「ん」

マメーはベッドから立ち上がった。ウニーがいつ倒れても支えられるようにと、手を差し伸べ掛けた変な体勢でかたまっている。

師匠は尋ねる。

「ふらつくかい？」

「ううん」

「だるいとか頭が重いとかは？」

「だいじょぶ」

「お腹は？」

「……へった」

くぅ、と小さな音が鳴った。

「ま、昼でも食べるかねえ。ルイス、あんたも食っていくだろう？」

「はっ、ご相伴に預かります」

師匠はひらひらと手を振って肯定の返事とし、部屋から出ていった。

食事時である。普段の昼は簡単に作り置きのシチューにパンの食事が多いが、ルイスという若く体格の良い男がいるためか、若鶏の照り焼きがメインディッシュにされていた。ごちそうである。もうすっかり元気なマメーはぶすり、とフォークを鶏肉に突き刺して口に運びご満悦であった。

「マメーは治癒魔術に適性があるのですか？」

食べながらルイスが問うた。

師匠たちはぴたりと動きを止める。マメーだけもしょもしょ食事を続け、皆が見ているのに気づいて動きを止めた。

「なあに？」

治癒の魔術が使えるものは希少だ。厳密に言えば、使える魔術師や魔女はそれなりにいるのだが、需要に全く追いついていないというべきだろうか。

先ほどゴラピーを癒したのを見て、ルイスが尋ねたのも当然といえた。

「多少はな」

師匠は言う。

「マメーは植物への適性がとても高いのさね」

「ははぁ……」

普通なら魔女は手の内を晒すような真似はしない。だが、治癒魔術に長けていると思われる方がより面倒なのであった。

つまり、どの国家や組織も欲しがるということだ。

マメーは頷いた。

「マメーしょくぶちゅとくい」

「それは素晴らしいですね」

食事が再開される。

「そういえば先ほどのゴラピーの頭の花ですが」

師匠たちは再びぴたりと動きを止めた。

「ピキ？」

「ピ？」

「ピュ？」

水を張った鍋に身をひたしていたゴラピーたちが首をかしげる。

「あんたにはどう見えたね？」

「彼らが頭上の花から蜜を垂らしたらマメーが治癒したように見えました」

ふむ、と師匠は唸った。

「マメーがぶっ倒れていたのは魔力と体力・生命力の枯渇さね。生命力の方はあたしが治癒魔法で何とかした。あんたの体力も使わせてもらったね」

「ええ」

師匠は赤いゴラピーの頭上の花を指で弾く。

「ピキッ」

蜜を出したからか少し萎れたようになっていた。

「こいつらの花の蜜は魔力を回復させる効果があるらしい。特に主人であるマメーの魔力とは親和性が高いんだろうね。あんたが思っているように治癒の効果があるわけじゃあないよ」

「なるほど」

とはいえ、無価値であるかのような言い方もまた何か隠しているように思われるだろう。師匠は付け加える。

「あんたの国の魔術師がこれを知ったら、血相変えて欲しがるだろうけどね」

「それほどですか」

「魔術師や魔女にとって魔力ポーションは最も価値ある資源だからね」

「まりょくぽーよん！」

確かに少量で変化は劇的だった。それだけの効果ある魔力回復薬であれば宮廷魔術師らもこぞって求めるだろう。

「ま、できればこれは秘密にしといてくれ」

「騎士として誓いましょうか？」

「別に大袈裟にすることたないさ」

師匠はひらひらと手を振って断った。

秘密を漏らすようであれば、遠方に移り住んでしまえば良いのだ。魔女にとってそれは容易いことなのだから。

「さて、それよりあんたのとこの姫様の病気の件だね」

「はい」

ルイスは居住まいを正した。師匠はブリギットを指し示す。

「そこにいるのが面倒な調薬をあたしに依頼してた奴でね」

ブリギットはわざとらしく驚いたような表情を見せる。

「あら、待たせちゃったかしら？　ごめんなさいね」

「だがまあ、それもちょうど終わったところさね。あんたの国へ向かうとしよう」

「ありがとうございます！」

ルイスは頭を下げた。

「おでかけ!?」

マメーは尋ねた。

「そうさね、マメーも一緒に行くよ」

「やったあ！」

マメーはばんざいした。

意味がわかっているのかは不明だが、ピキピーピューとゴラピーたちも歓声のような鳴き声を上げる。

「準備もある、明日の朝に出発するでいいね」

「もちろんです」

「じゃあアタシたちもその時に帰ろうかしら」

ブリギットは言った。

「ブリギットししょーとウニーちゃんかえっちゃうの？」

マメーはしょんもりした。

「お仕事があるのよ。サポロニアンでしょう？　都合ついたら遊びに行くわ」

ブリギットは言う。

「ん」

食事中、うつむきがちで話に参加していなかったウニーが顔を上げた。彼女はマメーの手を取る。

「マメーちゃん」

「なあにウニーちゃん」

ウニーは真っ直ぐマメーの顔を見る。オレンジの瞳にはある種の決意が見て取れた。

「マメーちゃん。わたし、魔法の勉強頑張るから」

「ウニーちゃんはがんばっているよ？」

ウニーは首を横に振る。

「ううん、もっと。次はもう失敗しないから。約束」

「やくそく」

魔女は人を騙す。決して誠実でもない。だが、言葉に魔力がこめられる魔女たちは、約束や誓いというものをことさらに大切にするのだ。

ウニーという少女は魔術の才能は豊かであったが、魔術を極めようとかそういった勤勉さ、探究心とは無縁であった。今回の失敗はウニーに心境の変化を与えたようだ。

あるいは彼女は今、はじめて真の意味で魔女の見習いとしての道を歩み始めたのかもしれなかった。

「うん！　ウニーちゃんならできるよ！」

「ピキー！」

「ピー！」

「ピュー！」

マメーはウニーを応援し、ゴラピーたちも激励するように鳴いた。

グラニッピナとブリギットは笑みを浮かべ、ルイスは胸に手を当てて頭を下げた。

「ウニー殿の誓いに祝福あらんことを」

「ちょっと……やめてよ、恥ずかしいんだけど……」

ウニーはローブのフードを被って顔を隠したのだった。


「じゃあね、マメーちゃん、ゴラピー。お世話になりました。グラニッピナ師匠」

「それじゃね、マメー、おばあちゃん。それとルイスさんも」

「ええ、王国にもいつでもいらしてください。歓迎いたします」

明朝、まだ夜が明けて間もないうちにウニーとブリギットはグラニッピナの魔女の小屋を後にすることとした。

マメーも師匠もルイスも二人を見送るために小屋の前に立っている。もちろんゴラピーもだ。マメーのローブの肩のあたりにしがみついていた。

「じゃあね、ウニーちゃん！」

「うん、マメーちゃん！」

二人は抱き合って別れの挨拶を交わした。

ブリギットが腕を一振りすると、そこには一本の箒が握られていた。白木の柄にヤドリギの穂のついた優美なものだ。

「ま、また会いに来るから。じゃ、行くわよ」

ブリギットがそう声を掛けて、ウニーの腰の高さくらいに箒を浮かせた。触ってもいないのに空中に留まってゆらゆらと揺れているのだ。

ウニーはマメーから離れ、師匠に頭を下げた。

「気をつけな。こいつは昔から箒の操縦が荒いのさね」

「はい……」

頷いてウニーは箒にまたがって柄をぎゅっと握り、ふんと鼻で笑ったブリギットはウニーの前に横乗りで箒に腰掛けた。そして魔力を放ちながら口を開く。

「飛ばすから」

「ちょっ、まっ」

「〈遥かなる蒼天の向こうへ〉」

その言葉が終わるや否や、つむじ風と共に二人の姿がかき消えた。ルイスはそう思った。しかしマメーや師匠が上を見上げているのでその視線を追えば、頭上にもう小さな点にしか見えない彼女たちの姿が確認できた。

「それじゃーねー！」

「ピキー！」

「ピー！」

「ピュー！」

マメーは天に向けて大きく手を振り、ゴラピーたちもマメーの肩の上で手を振った。

ブリギットたちはマメーに答えるように上空で大きく円を描くように飛ぶと、暁の空を切り裂いて東へと向かい、すぐに木々の影に隠れて見えなくなった。

第六章　おうとにむかってしゅっぱつです！

「いっちゃった」

マメーがそう言って手を下ろせば、ピキピーピューとゴラピーたちが慰めるような鳴き声を出す。

「さびしくはないよ。だいじょぶ。ウニーちゃんとならいつかまたあえるし、りっぱなまじょになるってやくそくしたしね！」

昨日の夜は別れが寂しくて一緒のベッドで寝てちょっと涙も出ちゃったけど、今日はもう大丈夫なのだ。マメーはそう考えた。

「さ、あたしらもぼちぼち行くとするかい」

師匠はそう言いながら、マメーの頭をぽんぽんと叩いた。

三人と三匹は一度小屋へと戻る。自分たちの荷物を持ってくるためだ。ルイスが尋ねる。

「グラニッピナ師も箒で行かれるのですか？」

師匠は頷いた。

「そりゃあね、あんたはグリフィンだろう？」

ルイスは銀翼獅子騎士団《シルバーグリフィン》の副団長である。その名の通り、グリフィンを連れているはずで、王国の端っこのこんな森の中まで派遣されているのはその機動力が買われてのことであるからだ。

「ええ」

「そいつはどうした？」

「森の手前の村で預かってもらっています。森にはさすがに入れないので」

グリフィンは巨躯である。身体は軍馬と同等であるが、背から生える翼はその身体を浮かせられる程に大きいのだ。大空か荒野や丘陵に住まう生き物であり、森の中では自由に動くことができないだろう。

「エベッツィー村かい？」

「はい」

師匠が村の名を口にし、ルイスは肯定した。マメーがその身をびくり、とすくませた。

「ピキー？」

「ピー？」

「ピュー?」

ゴラピーたちから、どうしたの、大丈夫?　と声がかかる。

「ん、だいじょぶよー」

ルイスの耳にはいつも跳ねるようなマメーの声が妙に平坦に聞こえた。だが、それを問いただす間もなく、師匠は言葉を続ける。

「一応あそこの村とは古い契約があってね。ここを長期に離れるなら声をかけとかにゃあならんのさね」

師匠がマメーを拾ってから彼女を連れて出かけたことは何度かある。だがそれは短期で期日が決まっているものだった。今回のサポロニアンへの移動は長くなるという予感があるのだろうか。

ルイスは得心したように言った。

「ああ、留守を頼み、家や草木を任せるんですね?」

無人の家はすぐに傷む。それに貴重な薬草の世話も頼む必要があるのだろう、そう考えたのだが、師匠はそれを鼻で笑った。

「普通の村人が魔女の薬草の世話をするって、無理なこった。それにどうやってここまで来れるのさね。話は別のことさ」

確かにそれはそうだ。ルイスはここまで森を突っ切って歩いてきたが、道中魔物らに襲われているのである。

彼らは荷物を小屋から持ち出すと、玄関の前に置いた。

「忘れ物はないね？」

「あい！」

マメーは元気よく答える。彼女の前にはおっきなトランク、背中にはちっちゃなバッグが背負われていた。

「ピキー！」

「ピー！」

「ピュー！」

ゴラピーたちが答える。

「あんたら荷物なんて……待て、何を持ってきた」

彼ら三匹で力を合わせて、よいちょよいちょと運んできたものがある。

それは一つの植木鉢であった。

「ゴラピーたちがおやすみするうえきばちは、かばんにいれたよ？」

マメーはトランクを叩きながら言った。

師匠は溜息をつく。

「違うさね、それ植木鉢じゃなくて鉢植えなんだろう。あたしの部屋からわざわざ持ってきたか」

つまり、これは土が入っているだけではなくマンドラゴラの苗も植えられているということだ。

「ピキー！」

赤いのが元気よく答える。

「なんだって？」

「いつかきっとやくにたつからもってくといいよって」

「あんたどうしたい？」

「もってく！」

師匠はため息をひとつつき、顎でしゃくるように鉢植えを拾うよう指示した。マメーは喜んでゴラピーたちからそれを受け取った。

「まあいいさね。んじゃ閉めるよ」

「あい！」

師匠はそう言って懐から銀の鍵を取り出した。マメーは鉢植えを抱えて元気よく答える。

師匠は鍵を虚空に向けた。

「ん？　……んん⁉」

ルイスが唸る。古風な銀製の鍵の先端が虚空に消えたからだ。

師匠が手首を捻れば、景色が歪んだ。渦を巻くように、そして吸い込まれるように。

そして変化がおさまった時、魔女の小屋は消えていた。

「ピキー⁉」

「ピー⁉」

「ピュー⁉」

ゴラピーたちはびっくりしてぴょんと跳び上がった。

「なんとまあ……」

「あははー、ゴラピーたちびっくりしたー？」

マメーは笑いながら尋ね、ゴラピーたちはこくこくと頭を縦に振った。

「ねー、しまっちゃったねー」

マメーにとっては初めて見る光景でないのだろう。だがルイスも絶句して動けなくなるほどであった。

「げこっ」

沼地の方からカエルの鳴き声が聞こえた。

そちらを見やれば薬草園の草花も消えている。今やこの空間には森の中に不自然な空き地と沼が一つあるだけであった。

「あっ、かえるさん……」

マメーが呟いた。何事かと沼から出てきたヒキガエルがずるずると近づいてくる。

「あたしたちゃ、ちょいとサポロニアンの王都まで出かけるよ！　しばらく留守にしてるから、他の奴らにもよろしく言っといてくれ！」

師匠がそう声を掛ければ、かえるは一声、げこっ、と返した。このカエルは師匠の使い魔であり、森の中には他の使い魔たちもいるために言付けを頼んだのであった。

マメーが緊張を表情に浮かべ、すっと前に出る。

「かえるさん……」

「げこげこ」

マメーはぺこりと頭を下げた。

「ごめんねえ、わたしがちゃんといってなかったよね。……おいで」

マメーはゴラピーたちを手招いた。

実際に食べられた青いのはちょっとびくびくして、マメーの足に隠れるように大きなカエルを見た。

「これがゴラピーたち。わたしのつかいま？　ともだち」

「げこっ」

マメーは抱えていた鉢植えを少し掲げた。

「いまはこの3びきだけど、ふえるのかもしれない。それはわからないの。でもふえたらこんどはちゃんとしょうかいするから、にたのみてもたべないでね」

「ピキ」

「ピ」

「ピュー……」

マメーは頭を下げ、ゴラピーたちもそれにならって順に頭を下げた。

「げこげこ」

カエルは了解を示すように鳴き、師匠を見上げて他に何もないことを確認して沼に戻っていった。

「さ、行くよ」

師匠は別の鍵を出した。ルイスが問う。

「そちらは？」

「森の手前まで跳ぶのさ。マメー、戻っといで」

「ん」

師匠が再び何もないところに鍵を差し込めば、空間がぐにゃりと歪み、扉ほどの大きさに切り取られる。

師匠の前のところだけ、森の木々は消え、牧草地が見えるのだ。それはエベッツィー村の景色で間違いなかった。

師匠は鍵をしまう。

「ほい、さっさとついてきな。すぐに閉まるさね」

師匠が歩き出せば、マメーもゴラピーもとことこついていき、ルイスも慌てて後を追った。

不可視の扉のような空間を抜けると、空気が違っていた。実際に森の中から平原に出たのは明らかであった。

振り返れば森の中の空き地ではなく、森の入り口の獣道のような小道がそこにあった。ルイスは先を行く師匠に興奮した様子で尋ねる。

「グラニッピナ師！　い、今のはゲートというやつでは？」

「へえ、知ってるのかね」

師匠は愉快げな声を出した。

ルイスは宮廷魔術師にも知り合いがいるため、騎士にしては魔術に詳しい方である。だがそれにしてもゲート、あるいは〈転移門〉や単に〈門〉と呼ばれる、集団を離れた地点に一瞬で移動させる魔術は、空間を操作する術式として知られているものの中でも最難関に属するものと有名である。

そう、それは伝説やおとぎばなしに登場する存在として。当然こんな魔術が一般的なはずもない。仮にこの魔術が自在に使えれば、例えば軍隊を敵陣の背後に、暗殺者を国王の寝床に送りこめてしまうのだ。

まさかこの目で見るとは、体験できるとは思わなかった。

「さすが万象の魔女、でしょうか」

ふん、と師匠は鼻を鳴らす。

「万象と言えば聞こえはいいがね。何でもできるが器用貧乏ってやつさね。特化して何か優れている訳じゃあない。例えばここからサポロニアンに跳ぶなんて真似はあたしにゃできんのさ」

「……いや、それでも貴重な経験でした」

今のが本当かどうかはルイスには判断できない。だが、その二つ名通り偉大な魔女なのだと確信できるものではあった。その時である。

「ピエエエエェェェーーーー！」

遠くから高い鳴き声が響いた。

「うわあ」

マメーはびっくりした。ピキピッピューとゴラピーたちも鳴いてひゃあと驚いた様子だ。

「あ、ご安心を。私の乗騎、オースチンです。私の帰還に気づいたようだ」

そうして三人と三匹が村の方へと再び歩き出せば、遠くから白と茶色の塊がこちらに向かってくるのが見えた。地上を歩いているが、ばさばさと羽を動かしている。

そしてグリフィンが大きく見えるようになったころ、その手綱を握っている少女がいることに誰もが気づいた。

「ナイアント様！　おかえりなさい！」

少女は叫ぶ。

「オースチンただいま！　ドロテア嬢、ありがとう」

ルイスが返答した。

「……ねーちゃ」

マメーは小さく呟き、フードをぎゅっと深く被った。

ルイスはオースチンの手綱を取り、ドロテアがローブの二人の前に立った。その表情には僅かに怯えの色がある。

師匠がにやりと笑みを浮かべて口を開く。

「ひひひ、森の魔女の婆と言えばわかるかね」

奇妙な笑い声を上げて言った。

師匠は森の魔女として畏れられているのだ。なんなら子供を躾けるときに、「悪いことばかりしてると森の魔女に食べられるよ！」とか「カエルにされるよ！」と使われているのも知っている。

もちろん師匠ら魔女は人間を食べたりはしないのだが、居を構えている魔女はどこでもそういう扱いであるものだ。

「は、はい。ドロテアともうします。エベッツィー村へようこそ、魔女様……」

礼をとり、顔をあげると決心したように尋ねる。

「そちらは……」

その視線はフードを深く被るマメーに向いていた。

村にせよ町にせよ、防衛をせねばならぬのだ。しっかりした検問所が有るか無いかの差はあれど、不審な者を入れるわけにはいかない。フードで顔を隠したまま村に入るなどということが通るはずはないのだ。

「マメー」

師匠は優しく声をかけた。

「ん……」

マメーがフードを取る。緑色の髪と琥珀の瞳があらわになった。その琥珀の瞳は正面に立つ少女のそれと良く似た色であった。

「エミリア、やっぱりあなたエミリアね！」

「ねーちゃ……」

ドロテアの口調に感動の再会という様子はない。その口調や表情には嫌悪感すら感じられた。一方のマメーの声には恐怖が感じとれた。

師匠はおもむろに手を横に広げ、二人の視線の間においた。

「ここにいるのはエミリアなどではないさね。マメーっていうあたしの弟子さ」

ドロテアは魔女に対する畏敬を一瞬忘れたかのように叫ぶ。

「だって！　その緑の髪の色！　エミリアじゃない！」

人間の髪の色はふつう緑にはならない。そのような色素など存在しないのだから。だが、特定の魔力の影響を強く受けた魔女は、その色を纏って生まれることがあった。

マメーの緑の髪も、ウニーの髪が紫がかった黒であることもそうだ。

師匠が森に捨てられていた緑髪の子を拾い、弟子としたのが数年前のことだ。

人は他者と明らかに違うものを畏れる。それは価値あるものとして尊重される場合もあれば不気味だと忌避されることもある。この場合は後者だったのであろう。

「ひひ、魔女がその見た目を変えられないとでも？」

横にした枯れ枝のような師匠の手がめきめきと太くなり、銀の毛に覆われた。手には肉球があらわれ、指は鋭くのびた爪となった。

はっ、とドロテアが魔女の顔を見れば、そこには銀毛のオオカミの顔があって、口には牙が並び、そこから舌がだらりと垂れていた。

「バウッ！」

オオカミが吠える。

「ひゃあぁぁーーー！」

「ピエエェエッ！」

ドロテアは悲鳴を上げて踵を返し、牧草地を横切って逃げ出した。

グリフィンのオースチンは警戒の鳴き声を上げた。ルイスがどうどう、とその手綱をひっぱって落ち着かせようとする。

「ま、魔女が来たと村に先触れがいったじゃろ」

オオカミの口から師匠の声がした。

「グラニッピナ師ですか？」

「そりゃそうさね」

〈動物変身〉の術であろうか。簡単な術ではないと思うが、詠唱すらなく一瞬で使ってみせるとは。本当に多芸であるとルイスはおののいた。

オオカミの瞳がマメーを捉える。

「ピキー！」

「ピー⁉」

「ピュー」

赤いゴラピーが果敢に前に出て、黄色いのはマメーの足に隠れ、青いのはじっとオオカミを見上げていた。

「ししょー？」

「そうだよ、分からないのかい？」

マメーは首を横に振った。

「わかる」

師匠の顔が元の老婆へと戻っていく。

黄色いゴラピーがピー……と胸を撫で下ろすような仕草を見せた。

「わたしはマメー」

マメーは確認するようにゆっくりと言った。

「そうだね」

「ししょーの、でしの、マメー」

マメーは思う。そうだった。マメーはししょーのでしで、ししょーのでしじゃないマメーはいないんだった。

マメーは師匠の弟子となった時のことを思い出していた。

『お前さんがあたしの弟子になるなら、今の名前を捨てなきゃならんのさね。その上、見習いの間は、それを示すように変な名前を名乗らにゃならん』

『へんななまえ……』

『そう、お前さんちっこいからマメーな』

『まめー』

『うむ』

『えへへ』

『変な名前つけたのに喜ぶ奴がいるかね』

だって嬉しかったのだ。

師匠の弟子である間は、エミリアではなくマメーと呼んでくれるというのだから。

「あたしゃこの村の長のとこに出かけるって挨拶に行かなきゃならんが、ここで待ってるかね？」

師匠は尋ねる。

かつてエミリアであった者の家、ドロテアの家はエベッツィー村の村長のものである。そうであるからルイスはそこに挨拶に行き、オースチンを預けたのだが。

マメーは首を横に振った。

「だいじょぶ！　マメーはししょーのでしだからついてく！」

「ピキー！」

「ピー！」

「ピュー！」

マメーが手を挙げて元気よく言えば、ゴラピーたちも真似をするように鳴いた。

師匠は笑みを浮かべ、マメーの頭に手を置いた。

「じゃあおいで」

三人と一頭と三匹は村の中央へと向かったのだった。

牧草地と田畑を抜けると村の家々が見えてくる。その先の丘というにも小さい、少し高いところに位置するのがドロテアの家であった。この村には貴族がおらず、ドロテアの父がエベッツィー村の村長であり代官ということになる。

マメーにとって見覚えのある道だ。緊張のせいかわずかに他の二人より歩みが遅れる。

「ピュー？」

青いゴラピーが大丈夫？　とマメーを見上げた。

「ん、ありがと。……そうだ。かくれててもらったほうがいいよね」

マメーはかがみこんでゴラピーたちを拾い上げると、ローブのフードの中に入ってもらった。

「ピキピキ」

「ピー」

「ピュピュー」

三匹はなにやら話している。

道の少し先では、二人と一頭が振り返り、何も言わずに待ってくれている。

マメーは首筋がもしょもしょくすぐったくて笑いながら、とてとてと小走りで駆け寄った。

「いいのかい？」

「ん」

ゴラピーたちを抱え上げたのは隠すためであるが、近くにいるだけでマメーは心が暖かく、元気になったように感じた。

丘を上がれば家の扉の前に中年の男と、その腰に隠れるようにドロテアが見えた。

「おお、おかえりなさいませ、ナイアント卿。いらっしゃいませ、森の魔女様……」

男はそう言って深く頭を下げた。陽光が頭頂部できらりと輝く。

「戻りました。オースチンの世話をありがとうございます」

ルイスが答える。

「もったいないお言葉で……」

そう言いながら身を起こした彼は、一行を見渡してその表情に驚愕を浮かべた。

「おまえ……エミリアか？」

その視線はマメーに注がれている。

マメーはゆっくりと一呼吸すると、ぺこりと頭を下げた。緑の髪がふわりと揺れる。

「はじめまして、おじさん。ししょーのでしのマメーです」

そして琥珀の瞳でじっと男を見つめた。

男は困惑と怒りを覚えたが、彼が何か言葉を放つ前に、ずいっと師匠が前に出る。

「あんたが今のこの村の代官だね」

「ええ、ジョンと申します」

そうだ、今は子供の相手をしている場合ではないのであるとジョンは思う。自分の前にいるのは地位的に上位者なのである。

「あたしが前にこの村に来たのは先代の代官の時で、あんたはまだ小さな子供だった。大きくなったもんだね」

ジョンは驚いた。自分の父が代官だった頃の、話す相手でもなかった子供を覚えているのかと。

師匠はマメーの頭をぽんぽんと叩きながら言う。

「あたしゃ数年前に森の中で幼子を拾ってねぇ。どうにも痩せっぽちで言葉もほどんど話せない、まあ虐げられてきたような子だった。流石に見殺すのも寝覚が悪いんで、ちょいと寝食を与えてみれば素直だし魔法の才能もあったので、あたし、森の魔女の弟子にしたたって訳さ。それがこのマメーさね」

「な、なるほど……」

男は返す。

師匠はにやりと口元を歪めて言った。

「で、それがあんたの家のエミリアって子であったと。騎士様の前でそう言えるのかい？」

う、と男は声に詰まった。

この娘が八年前にうちで生まれたエミリアであるというのは間違いない。こんな髪の子は他に誰も見たことがないのだから。

「なあ、ナイアント卿どうなんだい？」

世界は決して豊かではなく、人のためにあるわけではない。

凶作や疫病など、あらゆる困難に直面した時、まず倒れるのは、あるいは見捨てられるのは力なき幼子や老人である。

法としては幼子や老人を遺棄することは認められてはいない。だが、それを厳密に適用しては一家が共倒れということになりかねない。故に黙認されているのがこの社会における現実である。

「もしそうであればこの地を治める男爵殿のところか神殿に赴き、戸籍を調査し真実を明らかにする必要があろうが」

ルイスはそう言った。

黙認は貧しさや飢饉という理由があってのことである。ここ数年、この地でひどい不作は起きておらず、代官というこの村では決して貧しくはない人間が子を捨てたとなれば、間違いなく罪に問われるものであった。

「い、いえ。夭逝した娘に似ていただけにございますれば……、ご容赦ください」

ルイスと師匠は目配せを交わした。

別にこの代官を破滅させるつもりなどない。単に、マメーに何か言ってこないよう釘を刺せればよいだけであるから。

「ドロテア嬢、あなたの知るエミリア嬢と、ここにいるマメーとは別人であるようだよ」

ルイスはそう説明した。ふん、とドロテアはそっぽを向く。

師匠が口を開く。

「あたしとマメーはしばしここを留守にするのさね。ちょいとその日程が読めん」

「はあ」

「古き契約で、あたしが長期にこの森を離れている間、何かあった時のために薬を置いていくことになっているんだ」

ほらよ、と師匠は薬瓶を取り出した。瓶にはぎっしりと黒い丸薬が詰められている。

「はぁ……、ありがとうございます」

どうにもピンと来ていない様子だ。魔女と比べ短命な人間は、この手の契約が世代を経るごとにすぐに忘れられていく。

代官のジョンは言った。

「なるほど、どちらに向かわれますので？」

「あたしとマメーはここにいるルイス・ナイアントの要請で王都に向かうことになったのさ」

そう言った時だった。

「ずるい、ずるいわ！」

ドロテアが父の後ろから飛び出して叫んだ。

「どうしてエミリアがナイアント様と一緒に王都になんて行けるのよ！　ずるいわよ！」

ドロテアはマメーにくってかかった。

その時である。

「ピキー！」

「ピー！」

「ピュー！」

マメーのローブの背中でゴラピーたちがドロテアへの怒りか警戒のためか鋭く鳴いた。

「な、なに今の⁉」

ドロテアの疑問に、マメーは困る。ゴラピーたちを隠しているのである。

「ぴ、ぴきー」

マメーは誤魔化すように鳴いてみせた。

「ぴきーって、なによそれ」

ドロテアが呆れたように尋ねる。

「い、いかく?」

マメーはそう答え、両手を上げて自分の身体を大きく見せるような姿勢をとり、「ぴー!」と声を上げた。

どうやらこれが威嚇らしい。横で見ていたルイスは気分がほっこりした。

ドロテアは困惑する。

「いや、そうじゃなくてさっきの……」

ひひひ、と師匠は笑う。

「そりゃあ魔女の使い魔ってやつさぁ。このマメーにも凶暴なのが取り憑いているのさね」

ドロテアは胡散臭げにマメーを見た。

マメーの緑の髪がきらりと輝いた。訝しげに目を細めれば、その輝いているものは黒い瞳であると気づく。

いくつもの瞳がじいっとドロテアを見つめ続けていた。

「ひっ!」

ドロテアは思わずのけぞった。

もちろん、フードの中に隠れているゴラピーたちがドロテアを見ているだけであるが。

「ピグルルゥ……」

グリフィンのオースチンも巨大な鷲の頭を傾けて、巨大な嘴をカチカチと鳴らした。

ドロテアは後退って尻餅をつく。

「おっと、失礼、こらオースチン」

ルイスは怒っている様子でもなくオースチンを注意した。

「ひっ、嫌っ！」

そう言って彼女は家の中へと駆けていった。父親のジョンはため息を一つ。

「娘を脅さないでいただきたい」

魔法使いでない自分には使い魔などの真偽は分からないが、グリフィンがタイミング良く鳴いたのはルイスの指示だろうと男は思った。

魔女はその言葉には答えず、ずいっと前に出る。ジョンは半歩後ろに下がった。

「ひひ、脅してるのはあたしではないさね。あんたらが、魔女に食われるぞと脅しているから、彼女はあたしの言葉を畏れたのさ。あたしゃそれを利用しただけだよ」

男は閉口した。屁理屈のようでもあるが、自分が子供の時に悪事を働けば親からそう脅されたのも、妻がそう子供たちを脅しているのも事実ではある。

むろん、大人になるにつれ魔女が子供を食ったりなどはしていないと分かるのだが……。

「まあいいさ、あたしとこの村とは無関係のマメーはナイアント卿とサポロニアンの王都に行ってくるからね。もし誰か客が来たらそうことづけておいてくれ」

師匠はわざわざ『この村とは無関係の』とつけた。

男や彼の家族にとって、エミリアは不気味な子であり、森に捨てたことに間違いはない。そこに愛情も何もなかった。だが魔女の弟子というのであればその価値は高いのではないかと惜しくなったのだ。

だが魔女にそう念押しされれば村の代官としては頷くしかなかった。

「……わかりました。魔女様。ナイアント卿、よしなにお願いします」

「ええ、エベッツィー村は特に問題なく治められており、私の任務にも協力的であったと伝えられるでしょう。貴殿が余計なことを言い出さねば」

ルイスはそう答え、ジョンははっきりと頷いた。

しかし『余計なこと』が結局は蒸し返されて、少し後に大きな問題となるのだ。ただ、この時は誰もそんなことになるとは想像もしていなかったのである。

ともあれ、マメーはぺこりと頭を下げる。

「おじさんさようなら」

「ああ……」

挨拶を交わし、三人と一頭はその場を後にした。

ジョンが家に戻り、マメーたちは家の横手に回る。この村の中で一番高い場所だ。飛び立つには最適の場所だった。

「ピキ」

「ピッ」

「ピュ」

マメーのフードの中からごそごそとゴラピーたちが出てくる。マメーの肩に乗り、マメーが顎の下に差し出した手の上に乗りうつった。

ぷるぷるとマメーは頭を振ってフードを落とした。

「ピグルゥ？」

ぬっ、と大きな影がマメーの上に落ちた。グリフィンのオースチンのものである。

「うわぁ」

マメーはびっくりした。敵意がないのは分かるので恐怖は覚えなかったが、大きな生き物がぬっと来たら驚くものだ。

グリフィンは鷲の上半身に獅子の下半身を持つ魔獣である。だがその体躯は馬ほどに大きいのだ。普通の鷲の数倍の大きさの頭を有している。マメーは師匠の使い魔として鷲を見たことがあるが、こんなに大きなものは初めて見る。

「おっきい！」

鋭い視線がマメーを興味深げにじっと見つめた。

「改めて、私の騎乗するグリフィン、オースチンです」

ルイスは紹介する。さっきはドロテアが来たために紹介ができなかったのだ。

「ピグルルゥ」

挨拶するようにオースチンは頭を下げた。マメーも頭を下げる。

「マメーです！　はじめまして！」

「ピキー！」

「ピー！」

「ピュー！」

ゴラピーたちはマメーの手の中で、両手を上げてふりふり振って挨拶した。

オースチンが覗き込むようにぐいっと頭を近づける。

「ピキッ」

赤いゴラピーがぴょんとオースチンの黄色い嘴の上に跳び移った。そしてグリフィンの眉間をとてとて、と走って頭の上にのって鳴く。

「ピキー！」

高いところにのって、腰に手を当ててご満悦だ。

「グルゥ？」

オースチンが頭の上を見ようと首を傾げ、その様子にルイスは吹き出した。

「ピュ」

青いゴラピーがぴょんとオースチンの嘴に跳び移った。

「ピュピュー」

そして、てちてちと顔の上を走っていく。

「ピグルル……」

ゴラピーの身体ほどに大きな黒い瞳が、それを追っていく。ただオースチンにそれを咎める様子はないようだ。大きさが違いすぎて脅威に思っていないのかもしれない。

「ピ、ピー！」

黄色いゴラピーもオースチンの顔に跳び移った。てちてちと走って……。

「ピッ⁉」

「ピキー」

転びかけてバランスを崩すも、赤いのに手を掴まれて登りきった。

グリフィンの大きな鷲の頭の上に、三匹が並ぶ。

「ピキー！」

「ピー！」

「ピュー！」

ゴラピーたちはオースチンの頭上で誇らしげに鳴いた。

「すごーい」

マメーはぱちぱちと手を叩き、ルイスは笑う。

「自分で騎乗できるとは立派なグリフィンライダーですね」

「クルゥ」

オースチンは短く鳴いた。やれやれとどこか仕方なさげな雰囲気であるが、嫌がるようなそぶりではない。

「はいはい、遊んでないで行くよ」

師匠はくるりと手を回した。その所作だけで虚空から箒が召喚され、手の中に収まっている。どこにでもあるような普通の箒だが、その柄の先端には五芒星の護符が紐でぶら下がっていた。

「ええ、少々お待ちを」

ルイスはそう言うと近くにある小屋へと向かい、戻ってきた。その手には鞍がある。荷物を置かせてもらっていたようだ。

ルイスは手慣れた手つきでオースチンに鞍を装着しだす。

マメーは見慣れぬその様子をわくわくと観察し、ゴラピーたちはピキピーピューとグリフィンの頭の上で何やらしゃべっていたり、羽の上で寝転がったりしていた。マメーも触らせてもらったが、表面の毛は硬く感じるが、その下の羽毛の部分は意外なほどに柔らかい。

ルイスはぎゅっぎゅっと鞍から下に伸びる革の腹帯を締め、鞍がずれないことを二度確認し、オースチンが痛くないか尋ねてから鞍と自分の身体を綱で結ぶ。

「お待たせしました。準備は終わりました」

そこまでしてからルイスは言った。空を飛ぶのだ。安全確認は何よりも大切だった。

「はいよ」

一方の師匠は気楽なものだ。箒は魔女の飛行を安定させる道具にすぎない。箒などの道具を使わなくては飛べない魔術師や魔女がいないわけではないが、彼女くらいの魔女ともなれば箒から落ちようが何の問題もなく体勢を立て直して飛ぶことができるのだから。

「マメーおいで」

「はーい」

師匠が呼んで、グリフィンを見ていたマメーが師匠の方を向く。

「ピキー」

赤いゴラピーが声を上げた。

「ゴラピーおいで」

マメーは振り向いて両手を広げ、ゴラピーを受け止めるような体勢をとる。

「ピーピー」

「ええっ！」

「ピュー」

「ええ……」

ゴラピーたちとマメーは何やら話をして、マメーは神妙な顔をして、とぼとぼと一人師匠の元へと向かった。

「あのね、ししょー」

「なにさね」

「ゴラピー、グリフィンさんのりたいって」

「へぇ、それで?」

マメーはもじもじと身体を揺すってから言った。

「マメーもグリフィンさんのろうよって」

ぷっ、と師匠は吹き出した。ちらりとゴラピーたちの方を見る。何やらうんうんと頷くような仕草で頭の葉っぱを揺らしながらこちらをじっと見ている。お願いしているつもりだろうか。

マメーが自覚しているかどうかはわからないが、ゴラピーたちはマメーの魔力的な意味での成長を願い、マメーを楽しませ、彼女が喜ぶことを自身の喜びとしている。そう師匠は判断している。

もちろんマメーの魔力が増えることは自分たちの強化・成長にも繋がることだ。植物としても使い魔としてもそれを願うのは当然のことである。ただそれにしても彼らの献身はどこか一般的な使い魔とは違う。

ともあれ、ゴラピーたちは自分たちがグリフィンに乗りたいと言うよりは、マメーがグリフィンに乗ってみたいと思っている。そう判断したということだろう。

「ゴラピーがねぇ……」

マメーはちらちらとグリフィンに視線をやった。

まあ、大きな動物・魔獣を見かける機会はそうそうない。そういう好奇心を覚えるのも、そういった希望を口にするのもマメーの心の成長としては悪くない。師匠はそう思った。

「ルイスよぅ。ちょいと荷物が増えても大丈夫かね」

マメーがぱっと笑顔を浮かべた。

ルイスもにこりと笑みを浮かべて言う。

「ええ、レディーと小さなお客様であれば軽いものです。なあオースチン」

「クルゥ」

オースチンは仕方なさげにそう鳴いた。

マメーはルイスに、グリフィンに乗っているときの姿勢などを教わった。

「では持ち上げますよ」

「あい！」

マメーがルイスに抱き上げられ、鞍の前方に乗せられる。

「わあ、たかーい！」

オースチンの体高、地面から肩までの高さは150cmくらいである。ちっちゃなマメーであってもその上に座れば2mくらいになるのだ。

「ピー！」

頭の上の黄色いゴラピーがマメーに向けて手を振り、マメーも手を振りかえす。

そして乗る前に言われたように、オースチンのうなじの辺りにある革紐を握った。

ふわり、とルイスがマメーの後ろに飛び乗った。

「ではいきますよ」

ルイスは師匠を見る。

「いつでもいけるさね」

師匠もゆっくりと箒にまたがる。ルイスが手綱を引き、オースチンはぶるぶると頭を振った。

「しゅっぱーつ！」

「ピキー！」

「ピュー！」

マメーがそう言うと、ゴラピーたちがご機嫌な鳴き声を上げる。そしてばさり、と翼をゆっくり動かしながら、グリフィンは坂を駆け下り始めた。

オースチンは地を駆ける。鷲と獅子の鉤爪が地を叩く振動が、がたがたぶるぶるとマメーの身を震わせる。

しかしそれがなくなった。グリフィンの翼が強く一打ちされて、脚が地面から離れ、身体が宙に浮いたからだ。

「うわぁ」

ばさり、ばさりと羽ばたくたびに、ぐいっ、ぐいっと身体に圧がかかり、そして景色が下に動く。

「わ、わ」

マメーは師匠の箒には何度か乗せてもらったことがある。

その時は滑るように空を飛んでいた。ブリギット師匠は箒を矢のように飛ばすが、そういうものではないのだ、本来は。

彼女はウニーが悲鳴をあげる反応を楽しんでいるふしもある。

ともあれ、グリフィンで飛ぶのは箒とは違う楽しさがあった。悪く言えば揺れるということだが、大きな翼の羽ばたきによる力強い動きを感じられるということでもあるのだ。

「わはー」

「怖くはないですか？」

背中越しにルイスが尋ねるので、マメーは首を横に振った。

「たのしい！」

「はは、それは何よりです」

師匠はグリフィンの左斜め下方をぴたりと追随するように飛んでいる。

マメーはルイスの腕の中で身体をねじり、師匠に向けて手を振った。

「ししょー！」

師匠は面倒そうな顔で帽子に手をやり、こちらに手をあげ返す。そしてその手で二度、前方を指さした。

いいから前を向いてろということだ。

マメーは前を向く。

「すごーい！」

村の家々よりも、森の木々より高く飛んでいた。視界が開けて青く染まる。

「ピキー！」

「ピー！」

「ピュー！」

グリフィンの頭の上に座るゴラピーたちは、視界を遮るもののない特等席で、わあい、と手をあげて、青い空と丸い地平線、広がる景色を楽しんでいた。

ちなみに出発前に師匠はゴラピーたちにちょいと魔法を掛けた。〈固着〉という、くっつけて動かなくする魔法である。

「ピキー！」

赤いのが興奮して立ち上がろうとしても。

「ピー⁉」

黄色いのがバランスを崩して転び落ちそうになっても大丈夫なのだ。

「ピュー？」

「羨ましい限りだ……」

ルイスが小さく呟き、それが聞こえたのか青いゴラピーが振り返った。

マメーも問う。

「なあに？」

「いや、グラニッピナ師の魔法は凄いなと感心していたのです」

ルイスは答えた。

むふー、とマメーは満足そうな笑みを浮かべてうなずき、前を向く。

騎士やその見習いが大きな怪我を負う原因として、落馬というものはかなりの割合を占める。グリフィンライダーやドラゴンライダーという、空を飛ぶ生き物に騎乗する者たちはそもそも乗馬の上手い者が選ばれるとはいえ、落ちたときの衝撃は落馬の比ではない。たいていは命を失うこととなる。

それをあんな簡単に防げるというのだから魔女というのは凄いものだと感嘆するのだ。

一刻ほど空を飛び、休息を入れてまた空へ。太陽は雲一つない蒼天の真南を越える。

眼下の景色に森や山はなくなり、平原と田畑が広がっている。それを区切るように道や川が伸び、その交わる所に町や村が点在するようになった。

「ね、ね、ルイス！　あれお城!?」

マメーが興奮したように斜め前方を指さす。

そこには灰色の石を積み上げた壁と塔が見えていた。

ルイスは答える。

「あれはチトースの砦ですね、王都を護る砦の一つです。あれを超えれば王都はもうすぐですよ」

砦に近づくと、そちらからグリフィンが飛び立ってこちらに向かってきた。

ルイスは大きく手を回す。向こうのグリフィンは青い旗を広げてくるりと振った。

そしてルイスは砦の上空を通過する。

オースチンが、カチカチと嘴を鳴らし、向こうからも同じ音が返ってきた。

「いまのなあに？　なんかかっこよかった！」

「砦には私の同僚の銀翼獅子騎士団の者がいまして、彼と連絡を取ったんですよ。王都に向かう。

よし、通れってね」

マメーの質問にルイスは答える。

「グリフィン同士も嘴をカチカチと鳴らして挨拶していたでしょう」

「へー」

グリフィンさんや騎士の挨拶って面白いとマメーは感心する。

マメーはかちかちと歯を鳴らした。

「ピキ？」

ゴラピーたちが振り返って頭上の葉っぱを揺らす。

マメーは手を振りかえしてみた。特に意味の無い動きである。

「正面を見ていると良いですよ。もうすぐ王都が見えますから」

ルイスがそう伝えると、マメーたちは慌てたように正面を見つめた。

大地には麦の緑が広がり、その間の道が太くなっている。道には馬車や牛に牽かれた荷馬車が行き交っているのが小さく見える。

そして地平線の向こうに、点のように色が現れた。

「ピキー！」

まず赤いのが鳴き声をあげ、すぐに他のゴラピーやマメーも気がついた。

「あっ！」

緑と青で塗り分けられ、金で飾られたサポロニアン王国の旗であった。尖塔の上のそれが風でたなびいている。

旗の下からは赤い屋根が、そして白い石造りの城が現れ始めた。それはさっきの砦よりもずっと大きくて、城の周囲には王都の町並みが広がっていた。

「すっごーい！」

「ピキー！」

「ピー！」

「ピュー！」

マメーとゴラピーたちは、ばんざいして歓声をあげた。

サポロニアンは決して大国ではない。王都だって世界的に見ればそこまで人口が多いというほどでもない。

それでも、人生を小さな村と森の中にぽつんとある小屋で過ごしてきたマメーにとって、それは大都会に他ならないのだ。今までに彼女が出かけたことがあるのは魔女協会やブリギットの屋敷だけで、それらも人里から離れたところにあるためである。

マメーたちのはしゃぐ声にほほを緩ませながら、ルイスはオースチンを着陸の体勢に向かわせた。オースチンは羽をばさりと斜め前に打ち付けるようにして広げる。ふわっとマメーの身体は浮かび上がった。グリフィンが減速したのだ。

「きゃー！」

マメーは歓声と悲鳴の中間のような声をあげた。

「ピキー！」

「ピー！」

「ピュー！」

ゴラピーたちはばんざいのように両手をあげ、どこか楽しそうである。ゴラピーたちの下半身はしっかりとグリフィンの頭にくっついている。

マメーの浮き上がった身体には、しっかりとルイスの腕が回された。マメーはルイスの腕をぎゅっと掴む。しっかりと根を張った大樹のような安心感だ。

「あははー」

マメーは笑う。落ちる心配がなければ高いところも怖くはない。

ルイスは城壁に立つ兵士たちに向けてぐるりと腕を回して合図をする。向こうからは旗が振りかえされた。マメーも片手を上げて城壁に向けて振った。

城の庭や窓際から多くの人がこちらを見上げている。マメーは楽しくなって色々なところに手を振った。

「グラニッピナ師！　裏手の広場に降ります！」

ルイスが前方を指し示しながら、師匠に着陸地点を示す。師匠はとんがり帽子に手をやって指を振った。魔女の肯定の合図だ。

城壁を抜けたところと城の間には、対称的に刈り込まれた木や、色とりどりの花の植えられた庭園が広がっていた。

ルイスはマメーにその様子を見せるためグリフィンを傾けて滑空してみせた。

「わーい！」

そして城の裏手へと向かう。騎士団の詰め所や馬小屋などの施設が見える。そのそばに空き地があった。空き地の周囲には多くの人影が見える。

どうやらそこにグリフィンが着陸するようだ。ばさり、ばさりとオースチンは羽ばたき一つごとに減速と下降をし、ゆっくりと地面に降り立つ。

それでもずん、と衝撃と共に砂埃が舞った。

師匠はすいっと音もなく着地する。

「ついた？」

「ええ、お城に到着です」

ルイスはそう言うとひらりとオースチンの背から飛び降りる。

「お手を失礼、お嬢様」

ルイスがそう言ってマメーにウインクを投げれば、マメーはむふーと笑って彼に手を差し出す。

マメーは軽々と抱き上げられて地面に降ろされた。

彼は振り返って大きな声で宣った。

「ルイス・ナイアントだ！　帰らずの森の魔女殿とそのお弟子殿をお連れした！」

おお、とどよめきのような声が返る。

「ナイアント卿ご到着！」

伝令がそう大きな声を出して城へと駆け出した。城内の国王らに連絡が行くのだろう。

「ピキー」

「ピー」

「ピュー」

ゴラピーたちがオースチンの頭上でじたばたしながらルイスの方に向いて鳴く。オースチンが迷惑そうに頭をしぴぴと振った。

ルイスはマメーに尋ねる。

「彼らはなんと？」

「えっとねー、ぼくたちのなまえがよばれなかったーってルイスにぷんぷんしてる」

「おやこれは失礼しました」

ルイスはゴラピーたちに頭を下げる。

「ひひひ、こういう時に使い魔は呼ばれんものさね」

師匠が近づいてきながらそう言った。

「隠れてマメーを守ってやんな。ほれ、〈固着〉解除だ」

ピキピーピュー！　とゴラピーたちは師匠に返事しながら、とてて、とグリフィンの頭を駆け下りて嘴の先で跳び、マメーの胸に飛びついていく。

そしてごそごそとローブを登り、背中のフードの中に収まった。フードの中から葉っぱだけが三つ並んでぴょんと覗いている。

ルイスは笑った。

「グラニッピナ師、小さき方たちの扱いがお上手ですね」

「ふん、単純なだけさね」

グラニッピナは口が悪いが、マメーやゴラピーに好かれているところを見るに、面倒見の良い人物には違いあるまい。ルイスは思う。

そもそも、そうでなければ姫を治しにこんなところまで来てはくれないだろうが。

「グラニッピナ師がお優しいのですよ」

「ししょーやさしー」

マメーは同意する。

ふん、と師匠は鼻を鳴らして箒をしまい、代わりに虚空から長い杖を取り出した。

「さっさと行くよ」

そう言って杖をついて城に向かって歩き出した。

「ええ、行きましょう。陛下も首を長くしてお待ちでしょう」

ルイスはオースチンの手綱を従者の少年に預けると、マメーに手を差し出した。

「に？」

「エスコートです。お嬢様、お手をどうぞ」

「あい！」

マメーはルイスと手を繋いで、お城に向かって歩き始めた。

サポロニアンの城は大国の宮殿のように贅を尽くしたものではない。戦のために兵舎や防壁も兼ね備えたものであるが、それでも一国の王の住まう居城である。

「うわぁ！」

マメーが見たこともない豪奢な内装と大きさであった。

きらきらとした燭台や、ふかふかのじゅうたん、飾られた絵に、ぴかぴかの鎧を着てぴしっと並ぶ兵士たち。

マメーはきょろきょろしながら廊下を進む。ルイスの手を取ってなかったら、ふらふらどこかへ行ってしまったことであろう。

そして三人は大きな扉の前に立った。謁見の間である。

「ナイアント卿！　万象の魔女殿！　そのお弟子殿ご到着！」

門の前の兵士が中に向けて大声で呼びかけた。

中から返答があり、別の兵士がマメーたちに向かって言う。

「お入りください」

そして扉がゆっくりと開かれる。ルイスが言う。

「行きましょう」

三人は広間の中に入った。そこには多くの貴族たちがマメーたちを迎えるように並んでいる。

そして奥には金の王冠を被った壮年の男性が、一段高いところに置かれた椅子に座っていた。

マメーはぴっととルイスに取られたのとは反対の手をあげる。

「おーさま、こんにちは！」

そして元気よく挨拶した。

第七章　おひめさまのつのをなおします！

サポロニアン王国国王、ドーネット9世は正面の大扉から、銀翼獅子騎士団《シルバーグリフォン》のナイアントと小柄な老婆、そしてさらに小さな少女が謁見の間に入場してくるのを玉座の上から見た。

この老婆こそ万象の魔女にして魔法薬の大家、グラニッピナに相違ないだろう。そして、ナイアントが手を繋いでいる少女は報告にあった万象の魔女の弟子であろう。

ずいぶんと幼い子を弟子としているものだ、と王は思った。おそらくは自分の末の娘であり、奇病に冒されているルナよりも歳下であろう。あれで魔女の弟子が務まるのであろうか、それとも魔女の血縁者であるのかとも考える。

その時である。

「おーさま、こんにちは！」

幼女はルイスと繋いでいるのとは逆の手を上げて、元気よく王に挨拶した。

ルイスが片手で顔を覆い、老婆は肩を揺らして笑う。

「無礼な！」

王の側に立つ宰相が声を荒らげ、謁見の間の貴族たちも騒めく。

「静まれと」

王は隣に控える近侍にそう告げた。彼は頷く。

「至尊なる国王陛下が仰せである！　静まれ！」

朗々たる声が謁見の間に響き、貴族らは口を閉じた。幼女はまだ距離が遠いが、驚いたような表情を見せているように思えた。

「ふむ……」

王はしばし考える。

なるほど、無礼、礼が無いと言えばその通りだろう。

礼法であればまずは跪くものであるし、こちらから声をかけて初めて面を上げるものだ。それだって王の顔を真正面から見て良いわけではなく、目は伏せるものである。

そして何より問題なのは王への直接の言葉だ。本来は今のように近侍を介して話すものである。

「だが……」

かようなことを言っても仕方あるまい。

王は腹に力を入れ、久々に大きな声を発する。

「直答を許そう」

貴族たちが再び騒めくが、王は片手を上げて近侍に合図した。

「静まれ！」

改めて静かになった広間に、王の声が響く。

「騒々しくしたな。余はドーネット9世と言う」

「よー？」

マメーは首を傾げた。ルイスが思わず吹き出す。

魔女は王国の地位や礼法が及ばぬ存在である。それ故に彼女たちが王に礼を払う必要はないのだ。さもなくばルイスがここにくるまでに礼儀作法を多少なりとも伝えておくべきである。

「私という意味だ」

「おーさまはドーネットきゅーせーさん？」

マメーの言葉に宰相が肩を怒らせた。

「陛下！　あまりにも無礼です！　これを許しては……」

王は片手を上げて宰相の言葉を留める。

「余が許しているのだ。構わぬ」

そもそも、幼子に礼儀を求めてどうするというのだ。王の前に来られるのはデビュタントを迎えてからであり、概ね十五歳前後からだ。さすがにその歳なら礼儀作法が求められるが、彼女はその半分であろう。

王はマメーに向けて言う。

「うむ、だが名前ではなく陛下と呼んでほしい」

「へーか」

間の抜けたやり取りに師匠も肩を揺らす。

「して、少女よ。汝の名はなんと？」

「わたしはマメー！」

マメーは元気よく答えた。

「そうか、マメー。汝は万象の魔女殿の弟子かね？」

「うん、マメーはししょーのでし！」

マメーは肯定する。王は隣の老婆を見た。

「貴殿が万象の魔女殿に相違ないか？」

「そうだよ、陛下。あたしが万象の魔女グラニッピナで、そこのマメーの師匠さ。あたしのこともグラニッピナか、ばばあとでも呼んでおくれ」

王は顎を引くように頷いた。

そして広間の貴族たちを見渡して言い放つ。

「良いか！　彼女らは高名なる魔女とその弟子である！　第二次大同盟において、魔女の地位は王権や王国法の外に置かれているのは諸侯も知っての通りだ！　不敬を咎めてはならぬ！　危害を加えてもならぬ！」

大同盟とは暦にもある通り、今から二百五十年前に当時の人間とそれ以外のエルフや獣人、龍といった各種族の首長らが結んだ国際的な条約である。

第二次大同盟が締結されたのは今からおよそ百年前。そこには魔女について、彼女たちが国家に敵対しないことや、逆に王権に従わない存在であるということが記載されているのだ。

王がわざわざ謁見の間に貴族らを集めたのは、魔女に手出しをしてはならぬと示す意味がある。

想定外なのは幼い弟子もいたということだが。

「御意にございます……」

宰相が頭を下げ、貴族たちもそれに倣った。

王は師匠に向かって言う。

「本来、娘の病を治してもらうことを頼む立場である、余が頭を下げるべきなのだがな。魔女殿、立場ゆえここから頼むことを許されよ」

王は軽々に頭を下げてはならないものである。

師匠は肩を竦めて言った。

「王冠がずれちゃあ困るからね」

「きらきらおとしちゃダメ」

マメーが言う。マメーの背中からピキー！　という声も聞こえた。

王冠がきらきらと輝いているのが気に入ったのだろうか。

師匠が王冠がずれるといったのは、王が頭を下げれば地位が揺らぐという意味であるが、マメーはそのままの意味で取ったのだろう。

「そうさね。あんたは随分と話のわかる王様だ。依頼はしかと承ろうじゃないか」

「うむ、かたじけない。余の末娘、ルナは療養している。そのそばに魔女殿の滞在する部屋も用意した。ナイアントに案内させよう」

こうして謁見は終わり、マメーたちはルナ王女の元へと向かったのである。

◇

謁見の間を退室したマメーたちは石造りの回廊を歩く。

歩きながらルイスが問うた。

「マメーは陛下と会うのに緊張されませんでしたか？」

「したよー」

くっくっと師匠が笑った。

「緊張した人間が『おーさまこんにちは』じゃないねぇ」

彼らを先導している兵士も笑って肩を震わせているのが見えた。

「えっとー、おーさま、じゃなくてへーかのよこにいる人が、きゅーにおっきなこえをだしたから」

「そりゃ緊張したんじゃなくてびっくりしたって言うんさね」

「……そーかも」

先導の兵士がぷっと吹き出した。ルイスは言う。

「彼は陛下の近侍で、本当は彼が陛下のお言葉を伝えるんですよ」

「へー」

普通に話せばいいのにーとマメーは思う。実際そうしてくれたし。

「まあ、マメーが緊張しなかったなら良かったです」

「ん」

廊下は扉に突き当たり、そこを抜けるとまた廊下が続いている。先導の兵士はそこで頭を下げて三人を見送る。

マメーはばいばい、と手を振った。

しばし歩いて、マメーは気づく。

「なんか……かわいくなった？」

すごく高かった天井が低くなったり、内装に花が増えたり、壁に淡い色が使われたりするようになっている。

「ええ、そうです。よく気づかれましたね」

城内において謁見の間などの公的な場所から、私的な場所へと移ったのだ。

特にここは王妃や姫といった女性のための区画である。

男性は王族と、ルイスのような近衛など限られた者しか入れないのだ。兵士が扉の前で引き返したのはそのためである。

ルイスはそのようなことをマメーに語った。

「そういえばさっきはおんなのひといなかった」

一方でこちらには女官が多い。すれ違えば美しい所作で壁際に寄り、ルイスやマメーたちに頭を下げる。

そのうちに三人は部屋へと到着した。

「早速ですがこちらがルナ王女のお部屋です」

ルイスは部屋の番をしている近衛と二、三言葉を交わすと、中へ到着を告げる伝令がいく。そして待たされることもなく、部屋へと招かれたのだった。

「ふあぁ」

マメーは感嘆の声を上げる。

謁見の間は立派で凄かった。でも可愛くはなかった。このお部屋はもちろんそれよりずっとずっと小さいのだけれど、可愛いのだ。壁紙は桃色で、各所には金の装飾。棚には磁器の人形やもこもこのぬいぐるみも見える。

「ようこそいらっしゃいました。魔女様」

そこにまだ若く、だが落ち着いた女の子の声がかけられた。

「わたくしがサポロニアン王国の三の姫、ルナですわ。この頭ゆえにお辞儀ができませんの。ご容赦くださいましね」

ルナ王女の金の頭からは一対の角が生えている。茶色く、左右対称に枝分かれした角だ。なるほど、随分と大きいし重量もあるだろうから、頭を下げたらバランスを崩してしまいそうでもある。

その挨拶に対し、マメーは興奮してぴょんと跳んだ。

「しかさん！　かわいい！」

「まあまあ、お弟子さんも来ているとは聞いてましたが、可愛らしいお弟子さんですわね！」

ルナ王女はそう言うが、彼女とマメーの年齢はほとんど変わらない。ただ、マメーは年齢よりも少し小柄であるのと、末の姫である王女が大人振りたいというのもあるのだろう。

王女はマメーに向けて手を開いた。

マメーはわーいと駆けていこうとしたが、逆の手をルイスと繋いでいるのだった。

咳払いが一つ。

「これ、マメー」

「あっ、ししょー、おひめさま、ごめんなさい」

ルナ王女は鹿の角に困っているのだから、かわいいと喜んではいけないと師匠に言われていたのだった。

「マメーちゃんというの？　大丈夫よ。でもありがとう」

「あい！　マメーです！」

ルナ王女はにっこりと笑みを返すと、ゆっくりと顔を横にする。

「ハンナ、クーヤ。お茶とお菓子の用意を」

控えていた二名の侍女にそう声をかけた。侍女たちは淑女の礼をとる。

「お茶菓子は何がいいかしら？　マメーちゃんは何か好きなお菓子はある？　クッキーかしらケーキかしら？　ケーキなら何が好きでしょう、苺？　栗？　りんご？」

マメーはぴっと片手を上げた。

「マメーはししょーのつくってくれる、ししょーのすごいパンケーキがすきです！」

ルナ王女はまあっと驚きをあらわにした。

「魔女様はお菓子も作られるのですか？　素敵！」

ぐっと師匠の側に身を乗り出した。師匠は思わず後退りかけ、溜息をつく。

「素人仕事さね、大したものじゃあない」

そう謙遜するが、それはマメーに否定された。

「ししょーのパンケーキ、すっっっっごくおいしいよ！」

「まああ！　それはぜひ機会あればいただきたいものですわ！」

こほん、と咳払いが一つ。

「ルナ殿下、魔女様は殿下の病を治していただくために、お越しになったのですよ」

ハンナと呼ばれていた方の侍女がルナ王女に忠言する。ルナ王女は僅かに赤面した。

二人の侍女は再び礼をとるとお茶を淹れに向かったのだった。

「申し訳ありません、魔女様。ついお菓子のことになると我を忘れてしまって」

ルナ王女はお菓子好きという言葉から想像できるように少々まろやかな体つきをしていた。マメーは同年代くらいでこういう体つきの女の子を見たことがなかったが、それは彼女が平民の子であり、王都からは離れた農村や森の中に住んでいたからである。

実際、王侯貴族の基準では決して太っているなどということはない。おそらくは侍女たちが菓子の量を制限するなど奮闘しているのだろう。

師匠はゆるりと手を振る。

「構わないさね。それより魔女様はやめておくれ。ばばあで十分だよ」

「ば……さすがにそうはお呼びできませんわ。魔女のおばあさまとお呼びしても？」

「……まあ好きにしな」

師匠はむずむずするように身体を震わせながらも、仕方ないと頷く。

一国の王女の口から「ばばあ」という単語が出てきたら、それは問題だろう。

「ところでそいつ重かろう？」

師匠は自分の頭のあたりを指差した。

ルナ王女の角が生えてる場所である。彼女はしゅんと情けなさそうな表情を浮かべて頷いた。

「ええ、そうですね。さすがに肩が凝ってしまいまして」

かなり立派な角だ。片側で500グラム以上、合わせて1kgを超えるだろう。大きな冠や軽めの兜をずっと被っているようなものである。いや、形状が複雑な分、それよりも負担だろう。

もちろん十歳やそこらの女の子の頭にあるものではないし、それが夜も脱げないとなれば首や肩への負担は相当なもののはずだ。

「ちょっと触ってもいいかえ？」

「ええ、もちろんですわ」

師匠が前に出る。そしてゆっくりと杖を持たぬ方の腕を上げ、茶色い角にそっと乾いた手でちょんちょんと二度触れた。

そして魔力を流し、魔法の言葉を口にする。

「〈軽量化〉。……こっちもか、ほれ」

師匠は手を伸ばし、逆の角にも同様に触れる。

ルイスが問う。

「グラニッピナ師、それはどういった魔法で？」

「重量を軽減するのさ。今のあたしがやったのは2回がけ、半分の半分ってことさね」

つまり四分の一、250gということだ。

ルイスは唖然とする。

騎士の武器防具の重さは尋常なものではない。それ故に盾持ちや旗持ちなどを連れていくのだ。

そもそも軍の動きは重量によって大きく制限される。千人の軍があれば、それは千人分の水と食料を必要とするのだから。

これをあんな簡単に軽減するだなどと。

マメーがルイスの顔を見上げて、にへっと笑った。

「ししょーのね、けーりょーかのまじゅちゅかけてもらうと、おもしろいんだよ。ぴょんってするとふわーってとべるの」

「それは楽しそうですね」

「ピキー！」

マメーの背中のフードの中で、赤いゴラピーがやってみたい！と鳴いた。

「えへー、こんどししょーにおねがいしてみようね」

「ピー」

楽しみーという返事が黄色いのから返ってくる。

ルイスはそっと嘆息した。

魔女たちはこうして無邪気に術を継承していくのだろうか。戦に用いれば戦況を一変させるだけの力を有し、それ故に国家の戦には介入しないという条約があると、ルイスは知識としてではなく実感として理解した。

一方、師匠はルナ王女の背中側に回り、首筋と肩に触れる。

「軽く癒しをかけとくよ。〈小治癒〉」

じわりと温かい魔力が肩から首に流れていくのをルナ王女は感じた。それはえもいわれぬ快感で、師匠の術が終わって手が離れた時、切なげにため息をつくほどであったが、すぐに彼女は目を輝かせた。

「まあ！」

そして驚きの声を上げて椅子から立ち上がる。

「まあ、まあっ！」

軽やかに頭を振ってダンスのようにくるり、くるりと回転する動きを見せた。

スカートがふわりと広がり、近くにいた師匠はそれがぶつかって渋面をつくる。

「まあっ！　頭が！　肩が羽根のように軽いですわ！」

ルナ王女は腕を広げ、手をぱたぱたと振ってみせた。

「魔女様！」

そう言って師匠の手をがしりと両手で握る。

「魔女様はおやめ」

「おばあさま！　素晴らしい御業ですわ！」

「たいしたもんじゃあないよ。それより落ち着いて聞きな」

王女としては、はしたない動きであったと気づいたのだろう。ルナ王女は顔を赤らめて椅子に座った。

「今かけた術の持続は一日だ。明日にゃ消える」

ルナ王女は落胆した表情を見せ、すぐにそれを打ち消す。

師匠は笑う。

「なに、気にしないでいい。この術は治るまでのあくまでもつなぎだよ。それまで毎日かけなおしてやりゃあいい」

「はいっ」

「それと、軽くなったからって角があるのを忘れんじゃあないよ」

「……というと」

「当たれば互いに危ないってことさ」

今、つい感動してくるりと回ったが、それは危険な行為であったということだ。

王女は神妙な顔でゆっくり頷いた。

「はい」

「うん、それで良いさね」

マメーが声をかける。

「おひめさま、よかったね！」

王女はゆっくりと立ち上がって、マメーの前に立った。

ルイスはマメーの手を離し、一歩横へずれる。

「お姫様ではなくルナと呼んでくださる？」

「あい！　ルナ！」

ルイスはさっと王女の背後へと回り込むと、王女の背後から肩越しに、声を出さずにマメーに見えるようにぱくぱくと口を動かした。

「ルナで、ん……か？」

ルイスはこくこくと頷いた。

「あなたをマメーと呼んでも良いかしら」

「いいよー！」

ルナ王女はふふと笑う。

「マメーのお師匠様は素敵な魔女様ですのね」

「うん！」

マメーは喜んで頷いた。

その時、マメーの背中に垂れたフードの中にいるゴラピーと、ルナ王女の目があったのだった。

「ピュー？」

青いゴラピーが首を傾げる。

「まあっ！」

ルナ王女は驚きの声を上げた。

「ピキー！」

「ピー！」

赤と黄色のゴラピーがぴょんと顔を出すと、青いゴラピーの腕を下に引っ張って、フードの中に身を隠した。

「あらまあっ、マメー、今のはなにかしら！」

マメーはゴラピーを隠しているのを思い出す。

「ぴ、ぴきー」

とりあえずマメーは鳴いて誤魔化してみることにした。

だがルナ王女はゴラピーと目が合ってるのだ。当然ながらそれで誤魔化されるはずもないのである。

「あら、鳴き真似かしら？」

ルナ王女は笑ってマメーの背中を覗き込もうとする。

マメーの背中ではゴラピーたちがもぞもぞばたばたと動き回って、マメーはくすぐったくて思わず笑い声をあげた。

「あはは！　……もー。出ておいで」

本来、王族の前で物や顔を隠して会うことは許されない。暗殺などの懸念があるためである。

とはいえ、魔女にはそもそも無意味な話でもあるのだ。師匠がよくやっているように物を虚空にしまったり、人や物の姿形を変えたりすることが可能なので。

そういった理由もあって、マメーの飼っているゴラピーたちも背中のフードの中にいたが、ルイスの伝達で他の兵士たちからも見逃されていたのだ。

そもそも隠れきれていないのである。フードから三つの芽が並んで覗いていたのだから、後ろから見れば、ばればれであった。

「ピキー」

「ピー」

「ピュー」

マメーが肩口に手をやると、マメーの背中から10㎝くらいの人型がひょこりと現れる。

「まあ！」

ゴラピーたちはうんしょうんしょと肩を登っては、てちてちとマメーの肩を背中から胸側に歩き、ぴょんとマメーの腕の中に飛び込んだ。

「まあまあまあ、動くお人形さんが出てきたわ」

「ピキー」

ルナ王女の言葉に、赤いのは鳴きながら、みみみっと首を横に振った。葉っぱがもしょもしょとマメーの顎に触れてくすぐったい。

「鳴いてるわ。なんていってるのかしら？」

ルナ王女は別に答えが返ってくると思って尋ねた訳ではない。犬猫や小鳥といったペットがいれば、彼らやその飼い主に声をかけるのと同じようなつもりであった。

「えっとねー、おにんぎょーじゃないよって」

「まあ、ではなんなのかしら」

「ゴラピー！」

「ピー！」

マメーがそう言えば、黄色いのはそうだと肯定するように鳴いた。

「そうなの、ゴラピーっていうのね」

「ピュピュー？」

青いのが首を傾げて鳴いた。この人だあれとマメーに尋ねたのである。

もちろん、ここまでルナ王女はゴラピーが実際に人間の言葉がわかっているとは思っていない。犬の鳴き声に対して飼い主が話しかけるようなものだと微笑ましく思っていた。

「ルナでんかっていうんだよ。みんなあいさつしようね」

だがマメーがそういった途端、ゴラピーたちはピキピーピューと鳴きながら、片手を上げてルナ王女に向けてふりふりと振った。

それは明らかな挨拶であった。ルナ王女は唖然としてぽかんと口を開ける。

「ピキー？」

「うん、しかさんのつのがはえちゃったんだって」

「ピー……」

「そーだね、たいへんだよねー」

「ピュー？」

「だいじょーぶ、ししょーがなおしてあげるからね」

ルナ王女が見ている前で、マメーとゴラピーたちは明らかに意味ある会話を繰り広げている。

ピキピーピューとゴラピーたちが鳴く。

「そーだよー、ししょーすごいからね！」

マメーはふふんと胸を張った。

「安請け合いするんじゃあないよ、まったく」

師匠がため息をついた。ルナ王女は機敏な動きでばっと師匠に振り向く。

魔女のおばあさまが今、会話に当然のように参加した。つまりこれはマメーのごっこ遊びではなく、本当に会話が成立しているのだと確信する。

「ゴラピーさんの言葉が分かるのですか⁉」

「さん、はいらんよ。ゴラピーでいい。あたしにゃゴラピーたちの言葉が分かりはしないがね。ありゃあマメーの使い魔なんだ。マメーと意思の疎通ができとるのは間違いないね」

「まあっ！」

くりりと再びマメーたちの方に振り返り、感極まったように大きな声を上げた。

「羨ましいですわ！　素晴らしいですわ！」

「わあっ」

とマメーは驚いた。

「小さいのにこのような素敵な魔法を使えるだなんて、マメーはなんと素晴らしい魔法使いなのでしょう！」

人形の愛好家は老若男女問わずいるが、女の子であれば当然、人形が好きなのが大半を占める。王女であってもそれは例外ではなかった。そして人形が好きであれば、それが動くことを想像するものだろう。小さいのが動いているのは可愛いのである。ルナ王女は興奮してマメーの手を握った。

そして腕の中を覗き込む。

「ピ、ピー……」

ぐいぐいと迫る王女に、黄色いゴラピーが警戒するようにマメーの袖を握って鳴いた。

その様子すらルナ王女にとっては可愛くて仕方ないのであるが。

「でーんーかー！」

部屋の入り口から女性の声がかけられ、王女はびくりと身を竦ませる。

侍女のハンナのものであった。背後にはもう一人の侍女であるクーヤがお茶の道具を載せたワゴンを押している。

「ち、ちがうのよ」

「何が違うんですか！　ハンナには幼い子供に興奮して迫っているようにしか見えませんでしたよ！」

くっくっ、と師匠は笑った。

「ふふん、どうやら侍女殿の方が立場が上らしいねぇ」

ルナ王女はマメーとゴラピーにごめんなさいねと謝ると、そそくさと椅子に座った。

「全く」

ハンナが嘆息する。

「お祭しの通り、わたしは殿下の教育係でもあるので」

ふうん、と言いながら師匠の視線が部屋を横切る。

「なるほど、王女にしてはずいぶん侍女の数が少ないとは思ったがね。その角の件を隠すために、使用人を最低限に減らしているのかい」

ルナ王女が頷いた。

「ええ、その通りです。それに加えてこの角が、感染《うつ》るような病気なのかもわかりませんでしたから」

師匠は言う。

「まあ感染るようなもんじゃあないだろうけどね」

どのみち、一国の姫に角が生えているなどという情報は広まらないに越したことはない。治るまで使用人の数は制限されるであろう。

「それよりすごいのよ、ハンナ！　魔女のおばあさまが今のほんのちょっとの間に角を軽くして、肩の痛みを消してくれたの！」

「まあまあ、それは良うございましたね、姫様。魔女様、ありがとうございます」

そう言って丁寧な礼を師匠にとる。

師匠はふん、と鼻を鳴らして手を振った。

「治した訳でもないのに、そんなに感謝されたら困惑しちまうよ。で、茶でも用意してくれたんだろう？」

「ええ、そうですわ」

ルナ王女がそう言えば、もう一人の侍女であるクーヤが王女に尋ねる。

「お茶はどちらにお持ちしましょうか？」

「せっかくです、天気も良いのでベランダにしましょうか」

そういうことで部屋に隣接しているベランダへと移動することになった。

ベランダといっても、お茶会には十分な広さがある空間であり、床のタイルは淡いピンクで、中央には瀟洒なテーブルが位置している。

ベランダからは外の庭園を下方に見ることができた。ここから見下ろされることを前提として造園されているのだろう。花壇が迷路のように紋様を描いているのが確認できた。

「ピキー！」

「んー？」

赤いゴラピーが鳴いてマメーの腕をぺちぺち叩いて降りたがったので、マメーは屈んでゴラピーたちを降ろした。

「ピ？」

「ピュー？」

赤いのがてちてちとベランダの床を走り、黄色いのと青いのもてちてちとその後を追う。

「まあまあ、お尻を振って走っているの素敵ね！　可愛いわ！」

ルナ王女が感嘆の声を上げる。お茶の用意に離席していた侍女たちは驚きを顔に浮かべた。

「……妖精？」

クーヤが呟き、マメーはにっこりと笑って答えた。

「あれはねー、ゴラピー！」

「はあ、ゴラピーですか……。あれはマメーさんの？」

「うん、マメーのおともだち！」

そのように話している横でルナ王女はゴラピーをよく見ようとかがみ込もうとし、ハンナに腕を掴まれていた。

「ルナ殿下？　今何をなさろうとしていましたか？」

「えへへ、ゴラピーちゃんたちをもっとよく見たいなって……」

「でーんーかー？」

「ご、ごめんなさい」

叱られているルナ王女の前で、てちてち走る三匹は、ベランダのタイルの上の一点で止まった。

「ピキー？」

「ピー？」

タイルとタイルの間の、青や黄色の貴石をカットして描かれたモザイク模様、そこに彼らの視線が向けられていた。

「きらきらー？」

「ピュー」

マメーの言葉に青いのが鳴いて答え、彼らは床に手をつく。

「ピキー……！」

彼らはピキピーピューと鳴きながら石を引っ張ろうとし、引っこ抜けないのであきらめてその場に座り込んだ。

「ピー……」

「ピュー……」

「石が欲しかったのかしら？」

ルナ王女がゆるりと首を傾げる。

「どっこいしょ」

と師匠は勝手に手近な壁に杖を立てかけ、椅子に座った。

「ゴラピー、おやめ。そりゃこのベランダに張られた結界の中心点だ。壊すんじゃないよ」

「ピ」

ゴラピーたちは頷くとマメーのもとに戻る。

「結界ですか？」

ハンナが問うた。彼女たちも知らなかったようだ。

「簡易で効果は弱い、とはいえそれなりにしっかりしたものだがね。外から虫とか入り込まないようにするには十分なものさ」

なるほど、とハンナは頷いた。確かにここは庭園の上である。虫が王女の部屋に入り込まない工夫がされているのだなと感心した。

一方で師匠も感心していた。ゴラピーたちは迷わず結界の要である石のところへ向かった。ベランダの飾りに偽装する程度の、たいして魔力を使わない結界でもその中心点がわかるのだから、大した精度の魔力感知能力であると。

マメーとルナ王女の二人も席につく。

「ルイスは？」

マメーは彼を見上げて言った。

「私は護衛なので、後ろにいますよ。気にせずお召し上がりください」

ルイスが示した卓上には、クーヤにより三段のアフタヌーンティースタンドが設置されていた。

そこには小さく美しくカットされたサンドイッチとスコーン、ケーキがそれぞれの段に並んでいる。

「わあっ！」

マメーは歓声をあげる。

紅茶も供されたところで、ルナ王女が言った。

「ゴラピーちゃんたちの席がないわね」

当然用意されてはいない。ハンナは呆れたようにため息をつき、クーヤは尋ねた。

「ゴラピーさんたちは何か召し上がるのでしょうか？」

「えっとねー、ごはんはたべないんだけどー」

「ピュ」

青いのがぺちぺちマメーの腕を叩いた。

「おみずほしいって」

クーヤはテーブルクロスの上にタオルをひく。

「この上にのって、足を拭いてもらえますか？」

さっき床を歩いていたのである。当然の言葉であった。

ゴラピーたちはぴょんとマメーの腕からタオルの上に飛び乗ると、てしてしとタオルの上で足踏みをして、クーヤが器にお水を注ぐのを行儀良く待った。

「ピー……」

黄色いゴラピーがマメーを見上げて鳴いた。

「んー、いいよー」

「マメー、魔力かね？」

「ん」

ゴラピーが魔力を欲しがっていると言う話だ。

師匠はマメーとゴラピーにちょっと待ちなと言って、ルナ王女と侍女たちの顔を見つめる。

「ちょっと先に話しておきたいんだがね。魔女の手の内が知られりゃ不利になるってのはわかるかね？」

「不利、とは……？」

首を傾げた王女の瞳が、ふと壁際に控えるルイスを捉えた。

ルイスは咳払いを一つして言葉を放つ。

「騎士や戦士の戦いでも、その得意な技が知られていれば敵に対策されるということです。魔術師だと火の魔術が得意と知られれば、敵が水を大量に用意しておく。こう考えればわかりやすいのではないでしょうか」

「なるほど……」

「あたしの魔法やら魔力についてはさ、もう歳だし別に広く知られてるからどうでもいいのさね」

そう言うが、実際には彼女が全属性の魔術を使えるために、対策のされようがないというのもあるのだ。師匠は言葉を続ける。

「でもマメーは違う。わかるだろう？」

「わかりましたわ。マメーの魔法については公言しないと約束しますわ。ハンナもクーヤもいいかしら？」

マメーの能力を公にしたくないということだ。姫は約束し、二人に声をかけた。ハンナは問う。

「断ったらどうなるのでしょう？」

「ハンナ！」

「いいえ、王女殿下付きとして確認しないといけないだけです」

師匠は肩を竦めた。

「どうもしないさね。ただ、マメーとゴラピーには菓子とお茶持って部屋に戻ってもらうだけさ」

「それはいけませんわ！　ハンナ！」

ルナ王女がハンナに強く声をかけ、二人は腰を折って約束した。

師匠はルイスに視線をやった。彼もまた公言しないと約束し、そこで師匠はにやりと笑みを浮かべた。彼女の身体から魔力が放出され、ベランダに吹き荒れる。

「〈誓約〉」

光が放たれ、師匠の身体と今約束した四人の身体に吸い込まれる。

「いまのは……？」

ルイスが尋ねた。

「誓いを遵守させる魔術さね。これであんたらはマメーの魔術に関して、ここにいないものに言葉や文章で伝えることができなくなった」

ルイスは天を仰いだ。

国家間の条約のような重要な契約や大規模な取引では、その契約書に魔術を使うことがある。魔術師が何日もかけて紋を刻んで術をかけた羊皮紙を使うのだ。だが彼女はそれに匹敵する魔術を片手間に使ったのだ。

王族に魔術を無許可でかけたことといい、知られたら問題になりかねない。……まあ黙っておこう。ルイスはそう観念した。

もういいよ、と師匠が促すので、マメーはクーヤが卓上に置いた銀の器に手を伸ばす。フィンガーボウルであろう指を洗うための器に水が半分くらい満たされていた。

マメーはそれを両手で包み込むように持った。

「ぬーん、うにゃっ！」

マメーは奇声を上げた。師匠の目にはマメーの身体から魔力が放出され、水の中に少しだけ溶け込んでいくのが見える。

これは魔法ではない。単に魔力を何か別のものに浸透させるという、魔女としては基礎的な技術だ。

「うぬっ！　ちょやー！」

「ピキー！」

「ピー！」

「ピュー！」

再び魔力が放出され、ゴラピーたちががんばってーとマメーを応援する。

マメーの才能は準植物属性特化。完全特化型とは異なり、基礎的なものならば全属性の魔術を扱えるようになるはずだ。

だが彼女が簡単に植物に魔力を通し、聞いただけの魔術を一度で使えたのに対し、他のものに魔力を通すのにはこうして苦労している。

まあ、こういう訓練をしているのが本来の魔女見習いや魔術師見習いの姿である。奇声は上げる必要がないが。

「ふー……。これでいい？」

マメーが汗を拭うような仕草を見せ、師匠に問うた。師匠の目には、器の水にマメーの魔力が溶け込んでいるのが感じられる。

「ああ、いいよ」

「あい！　めしあがれ！」

マメーがそう言えば、ピキピーピューと鳴きながらゴラピーたちはわあっとフィンガーボウルに群がり、よじよじとその縁をのりこえて水の中にぽちゃんと飛び込んでいった。

「ピュー……」

満足そうな鳴き声が漏れる。

「まあまあっ！」

ルナ王女が覗き込むように身を乗り出そうとし、ハンナに頭の角を掴まれている。

「はしたないですし、角が危険ですから落ち着いてください」

「え、ええ。ごめんなさいね。マメー、それがゴラピーたちのお食事なのかしら？」

「そだよー」

そして彼女たちの目の前で、ゴラピーの頭上の双葉が鈍く光り、ぽん、と軽い音が鳴った。

「きょうはー、あお！」

彼らの頭上には青い花が咲いていた。

「まあまあ！　可愛いわ！」

再びルナ王女が身を乗り出そうとし、ハンナに頭の角を掴まれている。

「これはぜひ画家を呼んで、この素晴らしさを後世に残さねば……！」

そう言ったところでルナ王女の動きが止まった。にやりと師匠が笑みを浮かべる。そして師匠がぱちん、と指を鳴らすとルナ王女がびくり、と身を震わせてすとんと椅子に座り直した。

「殿下？」

ハンナが問い、師匠はこともなげに答える。

「今のが〈誓約〉の効果さね。お姫様は外部の人間を呼ぼうとしただろう。だから動きを止められたのさ。すぐに解除してやったがね」

彼女たちは魔女というものの恐ろしさを知った。ゴラピーたちは気にせず水の中でぱちゃぱちゃと遊んでいた。

「さ、茶でもだしておくれよ」

師匠が促し、クーヤが慌てて紅茶を注ぎ始めたのだった。

もぐもぐもぐもぐ。

マメーがにこにこと笑みを浮かべながらサンドイッチを、次いでスコーンとケーキを頬張る。

「けーきおいしい！」

「そうでしょうそうでしょう」

マメーの言葉にルナ王女はご満悦だ。

「こちらリンツァートルテのシュニッテンです」

クーヤがケーキの名前を言う。

「りんちゃーとるてのすってん」

マメーが復唱するように言った。

リンツァートルテとはシナモンとヘーゼルナッツの香りが漂う生地にベリーのジャムが敷かれ、上には生地で格子模様が描かれた焼き菓子のケーキのこと。シュニッテンとはそれをカットしたものであるということだ。

菓子の名前は複雑だ。これもはるか古代の地方の名前がついたものである。もちろんマメーがそれらに詳しいはずもなかった。

「すってんもすこーんもおいしい！」

マメーの言葉にふふんとルナ王女は自慢げな笑みを浮かべて問うた。

「あなたのお師匠さまのお菓子とどちらが美味しいかしら？」

「ししょーのすごいパンケーキ！」

マメーは即答した。

王女はじっと師匠を見つめる。

「魔女のおばあさま、一度それいただいても……？」

師匠は苦笑する。

「子供だから味の良し悪しがわからんだけさね」

「わかるもん、ししょーのすごいパンケーキ、ちょーおいしいもん」

王女と侍女の視線が師匠とマメーを往復する。

「ほら、マメーちゃんそう言ってますよ」

「パンケーキにアイスものってて、さいきょーだからね！」

「これ、マメー……」

師匠は止めようとしたが、女性たちの熱量には届かなかった。

「アイスとはまさかアイスクリーム⁉」

クーヤが思わずといったように驚きを口にし、マメーはこくんと頷いた。

アイスクリームを食べるには氷点下の調理環境が必要である。

「食べたのは冬にかしら？」

「ううんー、おとといもウニーちゃんとたべたよー」

ウニーとブリギットが森の小屋に滞在し、帰る前にごちそうが振る舞われたのだ。その時にもマメーのリクエストで師匠の凄いパンケーキが供された。もちろんウニーも大好きである。

ウニーちゃんが誰かは分からないが、さすがは魔女であるとルナ王女は感心した。

「どんなお味なのかしら？」

「ししょーのすごいパンケーキのアイスは、すごいアイスだからねー。しろくて、すごいちっちゃい、くろのつぶつぶがはいってて、いいにおいがするんだよー」

クーヤが再び叫ぶ。

「それは……バニラではないのですか⁉」

「そだよー」

マメーはこともなげに肯定するが、それは尋常なものではない。

彼女はバニラと言った。それも黒い粒が入っているといった。バニラを漬け込んだバニラオイルではなく、真にバニラ・ビーンズを使用しているということである。バニラ・ビーンズ、それはサフランなどと並び、食用として流通する植物で、同じ重さの金貨でも買えないもののひとつであった。

姫たちの刺すような視線が師匠に注がれる。

師匠はそっぽを向いて紅茶を口にした。

「それよりお客さんだね」

部屋の出入り口で警備をしている兵から連絡がきている訳でもなければ、何か物音がする訳でもない。

だが師匠はそう口にし、次いでゴラピーたちが鳴いた。

「ピキ？」

「ピ」

「ピュー」

彼らはフィンガーボウルの中で首を傾げ、それから揃って部屋の方を見る。

「おきゃくさん？」

マメーが尋ね、師匠は頷く。

「一応、ゴラピーたちを隠しときな」

「ん、わかった」

そう言うなりゴラピーたちは器の縁を乗り越えて、タオルの上に着地する。てしてしと足踏みしたり、タオルの上でごろごろと転がって水気を拭ったりし始めた。

ルナ王女が再び身を乗り出して覗き込もうとして、ハンナに頭を押さえられている。

「ピー！」

黄色いゴラピーがてちてちとマメーのもとへと向かい、抱っこをせがんだ。

「あいあい」

マメーは黄色いのを抱き上げると肩の方に持ちあげた。黄色いのはごそごそとローブのフードの中に潜っていく。赤いのと青いのもそれに続いた。

そして彼らが隠れ、クーヤが器とタオルを片付けたあたりで、兵士が来客を告げにやってきた。

「宮廷魔術師のランセイル殿がいらっしゃいました」

「ランセイルか」

ルイスがぼそりと呟く。知己であるようだ。ルナ王女が言う。

「いまわたくしの角を診てくれている魔術師の方ですわ。お通ししても?」

「ああ、そいつはどのみち話をせにゃならなかったね。紹介してくれるかい?」

師匠はそう答えた。

「ええ、もちろんですわ」

ルナ王女が頷くと、ハンナが兵士とともに部屋の扉の方へと向かう。ランセイルを呼びに行ったのだ。

マメーは振り返ってルイスを見上げた。

「しってるひとー?」

「ええ、友人ですよ。私は騎士で彼は魔術師と所属は違うのですが、歳も近いので」

「へぇ?」

師匠はぴくり、と眉をひそめた。

「何か?」

「いや、なんでもないさね」

ルイスが再び問いかけようとした時、ベランダの入り口から低い声がかけられた。

「失礼します」

彼がランセイルであった。王族への礼を守り、首を垂れてベランダへと入ってきた男は魔術師の礼をとる。

「ご機嫌うるわしゅうルナ王女殿下。ご尊顔を拝謁賜り恐悦至極に御座います」

「楽にしてちょうだい、ランセイル」

そう言われて男は身を起こした。

二十代後半か三十代前半、確かにルイスと同年代であろう男性だった。身長も長身でありルイスに劣るまい。だがその厚みは半分くらいしかないのではというひょろりとした体躯で、金糸で縁取りと刺繍のされた宮廷魔術師のローブを身に纏っている。

そして黒く、長めの髪を後方へと撫で付けている彼は、彫りの深い顔の奥から鋭い視線でベランダの面々を見渡したのだった。

「貴女が万象の魔女殿か」

男が言った。

「そうだよ、グラニッピナだ。こっちが弟子のマメー」

「マメーです！」

マメーはぴっと右手を挙げて宣言した。

男の視線がマメーへと向かい、そして師匠に戻る。彼は腰より短杖を抜くと、それを後手に腰のあたりに当て、逆の手を胸に当てて深くお辞儀をする。魔術師の敬礼にあたる所作であった。

「万象の魔女、大達人《メジャーアデプト》階梯グラニッピナ師。不才の名はランセイル。お目通り叶ったこと光栄に御座います」

師匠は手を横に振る。

「おやめ、あたしはあんたより歳上だし、魔術の腕は上かもしれんがね。貴人ってわけじゃあない。そんなにへりくだらなくて良いさね」

彼はゆっくりと顔を上げ、暗くじっとりとした視線を師匠に向けて言った。

「いえいえ、偉大なる魔女殿の前にあっては自分など不才そのもの」

師匠はにやりと笑う。

高位の魔女にこう言われて態度を変えぬ我の強さが良い。そして何より、不才、つまり才がないなどと言っておきながら、全くそうは思っていない自信に溢れた視線が良い。

魔術師ってのはそうでなくっちゃあね。師匠がそう思っていると、ローブの袖が引かれた。

「ねーねー、ししょー」

マメーである。

「ふさい、ってなーに?」

「私、って意味さね」

「ふーん」

マメーはなんでみんな色々と難しく言うんだろうと思った。

ランセイルは言う。

「万象の魔女殿は、ずいぶんと幼いお弟子をお連れですな」

その言葉に嘲りの響きはない。だが、それをわざわざ口にしたということに嘲りの意図はあろう。

「ランセイル」

ルイスが咳払いを一つし、彼の名を呼ぶ。師匠は構わんと、手をひらひらと振った。

「あんたこそずいぶんと若いねえ」

「ご不満がおありで？」

「そりゃあそうさ。ただ、あんたにじゃぁないよ。この国の医師とか魔術師に不満があるのさね」

先ほど師匠が眉をひそめた理由である。

ハンナは得心したように頷いた。

「どういうことでしょうか？」

ルナ王女は尋ねた。

「お姫さん、あんたのとこに最初にきた医者は、あるいは魔術師は、こいつほどに若かったかい？」

「いえ……」

一国の姫の異常を診るのだ。典医や宮廷魔術師の中でも長やそれに準じる立場の者たちが来るに決まっている。

ルイスのように騎士であれば若くて強いということもあるだろう。人間の身体能力は一般的に二十歳前後がピークであり、技術向上も踏まえれば戦士としてのピークは三十代前半とされる。

だが、学問や魔力は違う。魔力量は加齢により減少しないし、年老いているくらいの方が、知識も経験も優れるものだ。それを考えればまだ若いランセイルが王女の医療を担当しているのは不自然ではあった。

「ご想像の通りです。老人どもは責任を取るのが嫌であるらしい」

つまり彼らの上層部は王女の角を治すことができず、かつその責任を負うのを嫌って、部下に責任を押し付けたということだ。

師匠はランセイルから感じる魔力から、魔術師としてはかなり才があると分かった。そしてその能力や性格は上に立つものにとって煙たい存在であったであろうということも。

彼の歯に衣着せぬ発言に、師匠は機嫌良さげに笑った。

「ひひひ、足を引っ張るのがいないだけマシさね」

「仰る通りです」

ランセイルもまたうっすらと皮肉げな笑みを浮かべた。

ルナ王女たちは驚く。彼女たちの前でランセイルは、少し痩せぎすながらも整った顔に、いつも貴族的な微笑を湛えた男であったためだ。

「さて、ところで不才はここで大きな魔力の波動が発せられるのを感じたために参ったのですが」

「ふむ」

「何が御座いましたか？　治癒のものではありますまい？」

マメーたちがルナ王女の部屋に入ってから魔力が発せられたのは三回である。一つは師匠がルナ王女にかけた〈軽量化〉と〈小治癒〉、一つが〈誓約〉、もう一つはマメーが魔力をゴラピーたちに与えたことだ。

大きな魔力と言っているのは〈誓約〉に違いない。

「確かに治癒とは違うねえ。だが教えてはやれんね」

ランセイルはルナ王女に視線をやった。だが彼女も侍女たちも首を横に振った。次いで壁際に立つ、友でもあるルイスに視線をやったが、彼もまたすまなそうな表情で首を横に振ったのである。

「ふむ……」

「魔力の波動に勘付いたのは評価しようじゃないか。だが駆けつけるのが遅くては意味がないねえ」

師匠は話を逸らしてそう言った。つまり、その魔力で姫を害していたのなら間に合わないということである。

「貴女が本気で陛下や殿下を害そうとすれば、宮廷魔術師全員でかかっても止められますまいよ。ただ、そうはなさらないでしょう」

「そうかねぇ？　魔女ってのは危険な奴らばかりだがね」

「万象の魔女、噂に名高いその魔女が非道を働いたという話を不才は聞いたことがありません。そしてルイスが貴女と会った時の話や印象も聞いています」

気難しそうな男だが、ルイスとは仲が良いらしい。師匠は思う。

ランセイルはマメーに視線をやった。

マメーはぱちくりとまばたきして首を傾げる。

「ふさいがどうかした？」

ルイスが吹き出して、師匠は咳払いを一つ。

「真似するんじゃないさね。こいつがどうかしたかい？」

「いえ、幼子を連れて非道を働くような人物ではないと確信したまでのことですよ」

ランセイルの言葉に図星をつかれた師匠は、ふんと鼻を鳴らした。

師匠はぐいっとカップを傾けて紅茶を飲み干す。

「ま、いいさね。とりあえずごちそうさまだ」

「ごちそーさま！　おいしかった！」

マメーもにっこり笑って言った。

「じゃあちょっとあたしらは一旦、用意してくれた部屋に引っ込むとするよ」

「あら、行かれてしまうのですか？」

ルナ王女が緩く首を傾げて言った。師匠はさっさと立ち上がり、壁に立てかけてあった杖を手にすると、その杖でランセイルの方を指し示した。

「この男が姫さんの角についての診察やら調査をしていたんだろう？　それについて聞かなきゃね」

患者であるルナ王女の前では言えないこともあるかもしれない。それ故に場所を移そうというのだ。

「マメーちゃんもですか？」

師匠はあたしら、と言った。マメーもそれを聞くのだろうか。ルナ王女は尋ね、ランセイルも続けて言う。

「幼き者よ。汝はここで姫と遊んでいても良いのでは？」

だがマメーは胸を張って、ぴょんと椅子から立ち上がった。

「マメーはししょーのでしだからね！」

こうして師匠とランセイルがベランダを後にし、ルイスもそれに続いた。マメーはルナ王女と握手してから、王女と侍女たちに手を振って出ていく。

「ピキ」

「ピ」

「ピュ」

マメーの背中のフードの中で、ゴラピーたちが赤黄青と三匹並んで、頭上の花をふりふりしてルナ王女に挨拶した。

王女がきゃーと歓喜の悲鳴を上げかけたため、先を行くランセイルは振り返って、怪訝な表情を見せたのだった。

師匠とマメーのために用意された部屋はすぐそばの客間で、応接室や寝室が続き部屋となっている立派なものだ。

城のこの区画はルナ王女など女性の王族が住んでいるため、客間も女性が泊まることが想定されていて、内装は女性的で華やかである。マメーはかわいいと目を輝かせたが、師匠はあまり華やかな雰囲気を好まぬたちでもある。

どこか居心地悪げにさっさとソファーに座り、ランセイルには向かいに座るよう促した。

マメーは師匠の隣にぴょんと座って、そのふかふかなことに、けらけらと笑った。

「ルイス、あんたも座りな。姫の前じゃあないんだ」

「は、では失礼して」

壁際に立って待機しようとしていたルイスはランセイルの横に腰掛けた。

師匠は早速本題を切り出す。

「さて、ルナ王女の症状と研究、それとあんたの見解を聞かせてもらおうかね」

ランセイルは頷き、虚空から書類の束を取り出して卓上に積み上げた。ルナ王女の体調や研究資料などであろう。

「〈こくーこ〉だ。ししょーもよくつかうよね！」

マメーが感心したようにその魔術の名前を言った。

「ああ、そうさね」

師匠はにやりと笑みを浮かべる。なるほど、この小僧は〈虚空庫〉の術式をわざわざ使えるところを見せたという訳だ。さりげなく、だが露骨に自らの能力を示す。

〈虚空庫〉は師匠もよく使っている魔術である。アイスクリームも魔法の薬もここに入っている。だが決して平易な術式ではない。そもそも空間に干渉できる系統の素質が二つ星《ツースター》以上なければ使用できないのだ。

なるほど、立場だけが上で能力や才で劣る者には煙たかろうねぇ。師匠はそう感じたのだった。

「魔女殿に語るには当然過ぎるでしょうが……」

そう言ってちらりとマメーに視線を送り、言葉を続ける。

「ルナ第三王女殿下にはご覧の通り、鹿の角が生えておいでです。人間に鹿や牛の角、犬や猫の耳、羽や尻尾が生える。あるいは皮膚が毛皮に、手指が鉤爪や蹄に変化し、獣相を有するようになること。これを獣化現象といい、大別して四通り存在します」

ランセイルの講義が如き言葉をマメーはふんふんと頷きながら聞いていた。ここで息をついた彼と目が合ったので、マメーは言葉を発する。

「ねこさんのみみはかわいいとおもいます！」

ルイスが笑みを浮かべてそうですねと肯定し、ランセイルはそれに答えず、むっとした表情で四本の指を立てた。

「一つは古き神や強力な霊の力によるもの」

そう言って指を一本折る。

古く、偉大なる神にはその身を動物に変えたり、あるいは罪を犯したものを罰するために動物に変えたりするなどという話が多い。

「一つは先祖返り、獣人の血を引く場合」

世界には獣相を持って生まれる人型の種族がいる。それを獣人と言った。彼らは獣人の相を有するもので集まって国を興しているが、彼らが人と交わった場合、その子孫に獣相が現れることがある。そしてごく稀なことではあるが、人として生まれながら、後天的に獣人の特徴を得る場合があった。

「一つは病、獣化の発症」

これは獣人とは異なり、人間が獣へと変わっていき、正気を失っていくというものだ。有名なのは狼男で、夜、特に満月の夜に狼へと変身し、近隣の住民を襲うというものだ。

そしてランセイルは最後の指を折る。

「最後の一つは呪い、獣化の魔術」

例えば今朝、師匠はドロテアの前で〈動物変身〉の魔術で狼へと変化した。

ちなみに祝福も呪いも魔術の一形態に過ぎないが、直接的な攻撃魔術ではなく、魔術の対象である相手の意図に反して害を与えるものを呪いというのである。

師匠は頷いた。そして問う。

「間違っちゃあいないよ。で？　あんたはなんだと思うのさね？」

ランセイルは頷き、自らの見解を話し始める。先ほど全て折った指を、今度は一本立てた。

「まず、神や高位の霊に関してですが、近年この地に顕現したという情報は入っていませんし、王族が神域を汚すなどの行為を犯したという事実もありません。また高位存在が姫の周囲に出現しているという気配もありません」

「そうさね、魔女の集会でもそれらの存在の情報はやり取りされるが、サポロニアンの王都付近にいるという話はなかった。あたしも感知しちゃいない」

師匠は肯定した。

ちなみに王国内には存在する。師匠の庵がある深き森に住んでいる神がいるからだ。

ランセイルが二本目の指を立てる。

「次に王家の血統を調査しましたが、直系の王およびその配偶者に獣人の血は入っていないことを確認しました。初代王は〝銀狼王〟の二つ名を有する乱世の英雄でしたが、それは兜の装飾によるものです」

またもし仮に初代王が獣人だったとしても、その名から考えるに狼であろう。ルナ王女の鹿角にはなるまい。

「ふむ。ご苦労なこったね」

師匠はそう言った。王家の血統を調査するとなれば、随分と時間と手間がかかったであろうためである。

そこでランセイルは手をおろしてため息をついた。

「となれば残るは病か呪いですが、不才ではそこより先の判断がつきかねております」

ランセイルはちらりと視線を師匠から横にずらした。

話に飽きたのか難しくてわからないのか。マメーがソファーの上でぽよんぽよんと尻を跳ねさせている。

ランセイルは咳払いを一つ。

「幼き者よ。汝には難しかろう。ルイスとでも遊んでいればどうか」

マメーははっとした表情でランセイルの顔を見上げた。

「ごめんね！　おしりがぽよぽよしてたから！」

ランセイルの眉間に深く皺が刻まれた。

ソファーのスプリングが効きすぎていて、体重の軽いマメーは不安定なのだろう。ルイスが笑って言う。

「そうか、ぽよぽよしていたなら仕方ないな」

「うん！」

師匠はマメーがああ見えて話を聞いているのは知っている。そしてああいう動きをしているのは、答えが分かっているのに解説を受けている時だとも知っているのだ。

だから師匠はランセイルにこう言った。

「マメーの方があんたより物事が見えていると思うよ」

「はっ、そのようなはずは」

ランセイルは嗤った。師匠はマメーの方を向く。

「マメー、お姫様を見ていただろう？」

「うん、ルナでんか」

「あの子の頭にゃ最近急に鹿の角が生えた。それは病気だと思うかね？　呪いだと思うかね？　それとも他の理由かね？」

「のろいー」

マメーは即答した。

「幼き者よ。勘で言えば良いというものではないぞ」

「かんじゃないもん」

マメーはぷうっと頬を膨らませた。

「ピキーピキー！」

「ピー！」

「ピュー！」

そうだそうだ、とマメーの背中でゴラピーたちが鳴く。

マメーは目を白黒させて誤魔化さないと、と鳴いた。

「ぴ、ぴきー？」

「何だそれは。勘でないというなら遊んでないで答えよ」

ランセイルはマメーの背中に何やら奇妙な生き物がいるのを知覚している。それを目視したわけではないが、その気配を魔力的に感じているのである。

そして魔術師が使い魔などを潜ませているのは良くあることだ。彼はまだこの時、それに何ら興味を抱いていなかった。

「マメー、呪いだって思ったんだろう？」

師匠が横から声をかけた。

「うん」

「その理由を答えてやんな」

マメーはえっとー、としばしソファーの上でゆらゆらと揺れながら説明するための言葉を探した。そして首を緩く傾げて言う。

「あのね、ルナでんかはおんなのこでしょ？」

「当然だな」

「しかさんのおんなのこには、つのがはえてないの」

「……む？」

ランセイルは唸った。

「えっとー、だからかみさまとか、せんぞとか、びょーきとかで、ルナでんかがしかさんになったのだとすると、おんなのこのしかさんになるでしょ？」

ランセイルは思わず立ち上がった。

「そうか、そういうことなのか！　雌の鹿には角が生えていない！　角が生えるのは雄の鹿のみだ！　であれば、殿下は鹿になっているのではなく、角の生える呪いをかけられたということしかありえないのか！」

「うん！」

ランセイルは、ばっと師匠の方を振り返った。

「そういうことさね。まあ補足すれば、鹿のなかでもトナカイなんかにゃ雌でも角が生えるのはいる。でもあれはその種の角の形状じゃないだろ」

ランセイルは何度も頷き、そしてローブを翻してマメーの横に跪くと、彼女の手を取った。

「わっ！」

とマメーがびっくりし、彼女の背中でピキピーピューとゴラピーたちが再び鳴き声を上げた。

それには構わず、ランセイルはマメーを称賛する。

「お見それしたぞ、幼き者よ！」

「マメーだよ」

「おお、マメーよ。汝は幼き賢人であった！」

「えへー」

マメーはにこりと笑みを浮かべた。

師匠は言う。

「ま、呪いだとすりゃ〈解呪〉の術を使えばいい」

「無論、〈解呪〉も試しはしましたが、効果がなく……」

ランセイルの言葉に、ふむと師匠は頷いた。当然試していないはずもないだろう。ただ、呪いというのは解呪する方が掛ける側よりずっと大変なのだ。

「あんた、その手の術式は得意かい？」

「そちら方面を扱う才も有しておりますが、得手とは言い難いですな」

そう、他者のかけた術に干渉するのは高等な技法である。

「その歳で扱えるだけでも大したもんさ」

ランセイルがウニーの師匠、ブリギットのように若返りを繰り返しているということもあるまい。

外見通り三十歳前後であれば、師匠から見ればまだまだひよっことといって良い年齢だ。それで〈解呪〉まで使えるなら充分に有能といって良いだろう。

「ねーねー」

マメーがランセイルのローブの袖を引いた。

「何用か、幼き賢人マメーよ」

「えーっと、ランセイルってよんでいい？」

「ふむ、良いとも」

「ん！　ランセイルのまじゅちゅのそしつはなーに？」

「これ、マメー！」

師匠は嗜めた。

魔女同士では互いの素質を教え合うのは当然の習慣であった。それは魔女という存在が極めて少なく、基本的には魔女協会を通じて互いに支え合っているためである。つまり、相手に何ができるのか分からなければ仕事を頼むこともできないということだ。

マメーは魔女の世界しか知らないため、そのつもりでランセイルに尋ねたのだが、彼は魔術師、それも国家に仕える魔術師である。それと情報をやりとりするということは、全く意味の違うことだ。

だがランセイルはこう言った。

「ふむ、まあ教えても差し支えありますまい。万能系二つ星ですよ」

その言葉にはルイスが驚いた。宮廷魔術師の魔術の素質は、国家の機密であるためだ。

「おい、ランセイル……」

「この件に関しては、協力を頼んだのはこちらなのだ。不才に何ができ、何ができないのか伝えるのは当然のことだろう」

「うーむ……」

一理ある。

まあ、この王女の角の治療に関する責任者はランセイルなのだ。彼がそう言うならそういうことにしておこう。ルイスは思う。

マメーがぴょんと跳ねようとして、ソファーの上でぽよんと揺れた。

「わあ、ししょーとおそろいね！」

「そうさね」

その言葉にはランセイルが渋面を作る。

「万象の魔女グラニッピナ殿は万能系三つ星《スリースター》でしょう。不才とは格が違う」

魔術の素質の二つ星と三つ星には大きな差があるとされる。実際、一つの系統でも三つ星の才があれば魔女となれるのだ。

ちなみに、魔術の素質の有無に関して、人間の男女でその比率にほとんど差はない。ただ、三つ星以上の才を有する者のほとんどが女性であるのだ。それ故に魔女という呼称で定着しているが、ごく僅か男性の魔女もいる。

逆に言えばランセイルの万能系二つ星は、一般の魔術師の才としては最高峰ということになる。

「マメーはねー、じゅんしょくb……」

「ピキー！」

「ピー！」

「ピュー！」

マメーのローブの背中から、ゴラピーたちが大きな声で鳴いて、わらわらと飛び出してきた。そして彼らのちっちゃい手でマメーの口を押さえた。

頭上の花びらがひらひらとマメーの鼻をくすぐる。

「は……、はっくしょん！」

マメーはくすぐったくて、大きなくしゃみをした。

「ピキー！」

ゴラピーたちは吹き飛ばされて、卓上をごろごろごろごろと転がっていく。

「何だこれは……」

「ピュ……」

ランセイルが手を伸ばし、青いゴラピーを摘み上げる。

マメーが背中に隠していたもの。魔女の使い魔としてよく使われるものであり、その大きさから考えて、ネズミかトカゲか小鳥かクモあたりだろうと想像していたのである。

こんな頭に花の生えたカラフルな人型とは誰が想像しようか。

青いゴラピーは空中に釣られて、じたばたとちっちゃい手足を動かす。

「マメー」

師匠はマメーに声を掛ける。

「魔女たち以外の他人の魔術の素質を尋ねちゃあいかん。それと自分の素質も教えちゃあいけないよ」

「あい！」

「ゴラピーたち、良くやったさね」

師匠はマメーの言葉を遮ったゴラピーたちを労った。

マメーの素質を隠そうとしてくれたのだろうと。

「ピキ」

「ピ」

卓の上で赤と黄色のゴラピーたちが頷く。

青いゴラピーはランセイルの手から抜け出すのを諦めたのか、首根っこを抑えられた猫のように、だらーんと力を抜いた。

「ふむ、ゴラピーというのか……」

ランセイルは青いゴラピーを目の高さに持ち上げて観察する。

見たことのない生き物である。魔法生物か妖精か、あるいは別の何かかは分からないが、頭上に花が咲いているのだ。植物に関係するものではあろう。

ランセイルは黙考する。

マメーが言いかけたのは準植物特化の幾つ星かということだろう。この使い魔を、師が与えたのかマメーが捕まえたのかは分からないが、植物系の使い魔を連れているのだし間違いあるまい。

しかし万象の魔女はこのゴラピーらを労った。つまり魔術の才能が幾つ星かを隠したことについてであろう。

つまりは三つ星ではなく四つ星《フォースター》であるということに違いあるまい。

「ランセイルー。ゴラピーかえしてー」

マメーがランセイルに手を伸ばした。

「うむ、幼き賢人よ」

ランセイルはマメーの手の上に青いゴラピーを置く。

「ピュー！」

ゴラピーはマメーの腕をてちてちと駆け上がり、マメーの肩の辺りに逃げていった。

ランセイルも、よもや伝説上にしか聞くことのない五つ星《ファイブスター》の才の持ち主が目の前にいるとは思わなかったし、このゴラピーたちをマメーが創造したとも思わなかったのである。

ランセイルは師匠に問いかける。

「万象の魔女殿、どうなさいますか？」

「ま、単純な獣化の呪いの類いなら、問題ないさね。〈解呪〉の術もありゃ、呪いに効く魔法薬の用意もある」

相手が魔術師何人がかりの儀式で呪いを掛けているのであろうと、跳ね返せるくらいの自信はある。それくらいの実力は有しているからこその万象の魔女だ。

マメーが尋ねる。

「だれがのろいをかけたのかなー？」

呪いということは、姫に害意を持って魔法を使った者がいるということである。

「そりゃまだ分からんね。調査を優先しても良いが、そんな面倒なことしなくても呪い返しをすりゃあいいのさ」

「のろいがえしー？」

マメーの首がこてんと倒れた。

「まだ教えてなかったかね？　呪いを外すんじゃなくて、掛けた者に跳ね返すのさ。そうすりゃ、誰が呪ったのか分かるだろうよ」

「しかさんのつのが、はえたひとがはんにん！」

「そうさね。まあそいつは実行犯で、依頼したのは別にいるだろうがねぇ。そんなのはその術者に訊けばいいことさ」

王国の魔術師や典医を悩ませていた問題が万象の魔女にかかれば、簡単な問題であるかのようだ。

ルイスとランセイルは舌を巻いた。

「とっととやっちまうかい？」

師匠はそう言うが、ランセイルはそれを留めた。

「先に国王陛下にご報告せねば。それから許可をいただいてきましょう」

「ま、そのへんは任せるさね」

ランセイルは師匠に頭を下げ、立ち上がった。

「いってらっしゃい！」

「うむ」

マメーが元気よく送り出す。だが師匠が声を掛けた。

「あー、ただあれだ」

「何でしょう？」

「邪魔が入るといけない。他の者には伝えないようにしておくれ」

呪い返しは本来、繊細で時間のかかる魔術儀式である。敵方の者が介入して台無しにされては困るということだろう。

ランセイルは了承して部屋を後にした。

そして翌日である。

ルナ王女の部屋に、昨日の面々が集まっていた。師匠とマメー、ルイスとランセイル、ルナ王女とハンナ、クーヤの二人の侍女の七人である。それと三匹のゴラピーたち。

そしてそこに国王、ドーネット9世が入ってきた。護衛の兵は部屋の外において一人である。

ルイスとランセイル、侍女たちが敬礼した。王女と師匠は座ったままで、マメーは椅子からぴょんと立ち上がって手を上げた。

「こんにちは、へーか！」

「うむ、マメー」

「きょうはあんまりきらきらしてないね！」

謁見の間の時のように煌びやかな服装ではなく、飾り気が少ないが上質な服を纏っている。

ぷっ、と頭を下げてる者から笑い声が漏れた。

「頭を上げよ。別に笑っても咎めぬぞ」

「お父様！」

ルナ王女が父を呼ぶ。

「おお、ルナよ。随分と元気な様子ではないか」

「ええ！　昨日、魔女のおばあさまが頭の角を軽くする魔法を掛けて下さいましたの！」

国王は師匠に向かって顎を引いた。謝意を示したのである。

「魔女殿、感謝する」

師匠は頷きを返した。ルナ王女は続ける。

「それに、昨日はマメーちゃんとお茶もできましたもの！」

「おちゃとおかし、おいしかった！」

「ねー」

と二人は姉妹のように笑いあう。

王女の頭に角が生えて以降、彼女は人前に出られなくなった。友人である貴族の令嬢たちとお茶会を開くことができないのは当然として、病で伝染する可能性すら危惧されていたのである。家族ともほとんど会えない日々が続いていたのだ。

それを思えば昨日のお茶会は本当に楽しかったのだろう。

「それは良かったな」

そう言って、角を避けるように、ルナ王女の頭に手をやった。

撫でられるのも久しぶりだ。ルナ王女は目頭が熱くなるのを感じた。

国王は少し気まずさを感じた。病の可能性があったとはいえ、ルナ王女はまだ幼い子供なのだ。なんとかして交流を持ってやるべきだった。話を変えるように言葉を続ける。

「そう言えば、報告にあったが何やら面白い生き物がいるとか？」

「ええ！」

ルナ王女はゴラピーについて言いかけ、そこではっと口を閉ざした。〈誓約〉の術を掛けられていることを思い出したのだ。

その様子を見て、師匠はにやりと笑みを浮かべた。そしてマメーに言う。

「見せてやんな、マメー」

「あい！　ゴラピー！」

マメーが自分の背中を見るように振り返りながら言えば、背中から赤黄青色の三匹が、にょきっと顔を覗かせる。

「ピキ？」

「へーかにごあいさつしてってって！」

ゴラピーたちは、よいちょとマメーの肩の上に登ると、頭上の葉っぱをゆらゆらと揺らしながら、国王の顔を見上げた。

「ピキー」

「ピー」

「ピュー」

そして口々に鳴き声を上げる。

「へーかこんにちは、だって！」

「うむ。なるほど、初めて見る生き物だな。面白い姿をしておる」

国王が顔を近づけて覗き込んできたので、ゴラピーたちは、んー？　と首を傾げた。

「はいはい、遊んでないで解呪をするよ」

師匠が声を掛けた。

「まあ、こう軽くなると、この角も名残惜しいくらいですわ」

「そうもいかんだろう、婚約の話もあるのだから」

ルナ王女の言葉に、国王は窘めるように言った。

ルナ王女が軽く渋面を見せたのでハンナもそっと声を掛ける。

「そうですよ、せっかくの良縁なのですから」

「おやまあ、まだ九つだというのにもう結婚の話かい？」

師匠が呆れたように言った。

マメーはぴょんと跳ねる。

「ルナでんか、けっこんするの？」

「まだルナが結婚する訳ではないぞ！」

ドーネット国王は驚いて大きな声を出す。

「わあ！」

マメーは大きな声にびっくりした。

「ピキー」

ゴラピーが非難するように鳴き声を上げた。

ハンナが言う。

「僭越ながら私が説明を。マメー様、結婚と婚約は違うものです。婚約とは、将来結婚しようと約束することでございます」

王族の結婚年齢はこのあたりの国々だと十代後半から二十歳くらいが一般的である。ただ婚約に関しては低年齢で行われることが多かった。ルナ王女の九歳というのも決して特に早いという訳ではない。

ただ、平民から見ればいささか早すぎるように思うのも当然ではあろうが。

「やくそく。……ルナでんかはけっこんのやくそくしたの？」

ルナ王女は少し困ったような表情を浮かべた。

「まだこれからですわ」

ふむ、と師匠が唸り、国王に尋ねた。

「そいつは広く知られているようなものなのかね？」

「いや、まだ内々の話で、知る者は限られている。詳細は明かせぬが、近隣の国の王子との婚約の話を進めているのだと思えばよい」

「ふうん」

師匠は王族の婚約などに興味は無い。気のない返事をする。

ランセイルは尋ねた。

「万象の魔女殿は、婚約に反対する者の仕業とお考えか？」

国王たちはぎょっとした表情を浮かべ、師匠に視線をやる。師匠は肩を竦めた。

「知らん。あたしゃ万象の魔女なんて言われちゃいるが、別に万能でも全知でもないんだ。ただね……ちぐはぐなのさ」

「ちぐはぐー？」

「ピュー？」

マメーが首を傾げ、青いゴラピーもそれを真似るように頭上の葉っぱを傾けた。

「そこのランセイルやら、他の王宮魔術師やら、あるいは神殿の祓い師たちもかね？　王女さんの角が呪いかもしれんと解呪を試したはずだろう？　だができなかったわけだ」

ランセイルが頭を下げる。

「汗顔の至りです」

「別に責めちゃいないさ。相手が魔力をそれだけ、この呪いに多く込めたってだけのことさね」

ランセイルは頷くが、魔術を学んでいない国王らは分からないようなので、師匠は説明を加える。

「色々省いて単純に言えば、呪いを掛けるのに術者が十の魔力を使ったとすりゃ、それを解く側は、十五の魔力を使わにゃならん」

「解く側の方が大変なのですね？」

王女が問いかけ、師匠は頷く。

「それを考慮に入れたとしても、一国の宮廷魔術師たちが解呪して、全く解けないってことはだいぶ強固な呪いだろう？　つまり、大勢の魔術師が集まって呪いの儀式をするか、強力で高価な魔法の道具を使って呪いをかけたってことさね」

王女が顔を青ざめさせる。そんなに強い呪いを掛けられているのかと。

マメーが問う。

「ちぐはぐはー？」

「ああ、そうだったね。それだけたくさんの魔力を使っときながら、角が生えただけだろう？　そりゃあ王女さまは困るだろうさ。でも死ぬわけでもなきゃ、寝たきりになるわけでもない。もっと酷い呪いなんざ山ほどあるのにさ」

体が腐り落ちて死ぬ呪い、無限の眠りの呪い、あるいは傷もないのに激しい痛みを与え続ける呪い。恐るべきものがたくさんあるのに、ルナ王女は角が生えただけだと言っているのだ。

ルイスが言う。

「ちぐはぐ、つまり魔力量に対して呪いの効果が低すぎると魔女殿は仰いますか」

師匠は頷いた。

「そうさね。ただ、その婚約を邪魔するにはちょうど良い効果なのかもね、と思ったのさ」

角が生えた姫を、あるいは呪いを受けたという姫を婚約者として受け入れる人間の王族はおるまい。

姫を殺したりすることなく、婚約を破談とするには確かに適当な効果なのかもしれなかった。むう、と国王は唸る。

「婚約の件を誰が知っているか改めて調べねばな。いや、相手方の国の者の可能性もあるのか……」

「ま、それはあたしの仕事じゃないさね。さ、治しちまおうか」

そう言って師匠は立ち上がる。昨晩のうちに、呪いを解く儀式に使うための魔方陣を隣の部屋に用意していたのである。

国王も立ち上がり師匠の側に寄った。

「そこを何とか頼めぬか、魔女殿」

「知らんよ、あたしがそこの騎士から受けたのは、姫さんを治すってことだけさね」

師匠はすたすた歩いていく。王とルイスらはそれを追った。

「いや、それは承知の上でだな……」

マメーやルナ王女たちも移動のため立ち上がる。

「いくよ、ゴラピー」

マメーはピキピーピューと鳴くゴラピーたちをフードの中にしまう。

「マメー……」

そこにルナ王女の声が掛けられた。

「なあに？」

「手を、繋いでも良いかしら？」

「いいよー」

マメーはルナ王女に元気よく手を差し出した。

たおやかな手がそこにのせられる。それはとても冷たく感じられた。

「こわい？」

「いいえ、緊張しているのかしら」

ルナ王女の手には力がこもり、こわばってもいた。

「だいじょーぶだよ」

マメーはにへらっと笑う。ピキピーピューと、マメーの背中のフードからゴラピーたちが顔を出してルナ王女を見上げて鳴いた。

その様子と、何の根拠もないマメーの言葉、そして彼女の手の熱が、ルナ王女の緊張を溶かしていくようだった。

「ええ、行きましょう」

「うん！」

隣室の家具はどかされて、床には幾重にも重なる巨大な円が描かれ、その中央には五芒星があった。円と円の間の帯状の部分には、びっしりと記号や魔法文字が書き込まれ、異様な雰囲気である。

その中にひょいひょいと歩いていきながら師匠は言った。

「追儺《ついな》の儀式用の魔法陣さね。定番のやつさ」

ランセイルが頷く。彼ら宮廷魔術師もよく使う陣ということだろう。

ルナ王女が尋ねた。

「追儺とはどういった……？」

「ついなはねー、わるいのでてけー！　ってゆーいみだよ」

彼女の手を取ったマメーが教える。

「まあ。マメー、賢いのね？」

「ししょーのでしだからね！」

マメーはふんすと鼻を膨らませた。

ほのぼのとしたやりとりに笑みを浮かべながらも、壁際に控えたルイスは考える。今まで幾度かグラニッピナ師の魔術を見る機会があったが、どれも凄まじい効果のものを、いとも簡単に行っていた。定番とは言うが、ちゃんと儀式の準備をするとは、やはり呪いを解くというのは大変なことなのだろうか。

ふと、師匠と目が合った。

「相手がどれくらいの魔力で呪いをかけてるのかなんて、こっちにゃわからんのさね」

「はあ」

師匠はルイスの考えていたことを読んだように説明する。

さきほど十の魔力の呪いに対し、十五の魔力を使えば解呪できると言った。それは間違いない。

ただ、呪いの魔力が十なのか二十なのか、あるいは百なのかは実際に相対してみないと分からないのだ。

「だからやれることはしっかりやるのさ。んじゃ始めるよ」

師匠はおもむろに懐から小瓶を取り出すと、魔法陣の中央に垂らす。魔法陣の紋様が強い魔力の光に青白く輝きだした。

「あ、ゴラピーのだ」

マメーが言う。ゴラピーの蜜を精製した液体だというのが、その魔力から感じ取れたのだ。

ランセイルがばっ、とマメーの方に振り返る。

「ピキー」

「ピー」

「ピュー」

うんうんと、マメーの背中でゴラピーたちが頷いた。

それはどういう意味かとランセイルは問いかけたかったが、儀式は始まっている。

「ほれ、姫さんおいで」

師匠はルナ王女を手招きした。国王も彼女に励ましの言葉をかける。

王女はマメーの手を離すと、魔法陣の中央へと向かった。

師匠は彼女を正面に立たせると、先ほどとは別の小瓶を手渡した。

「こいつを飲みな。望まぬ魔術を打ち払いやすく、望む魔術を増幅する効果がある魔法薬さね」

つまりは呪いに対してはそれを弱め、解呪に対してはそれを強化するということになる。一つの薬で二つの効果があるということであり、ランセイルはそのような魔法薬など聞いたことがない。思わず尋ねた。

「そ、それは魔女たちの間では広く使われるようなものなのですか⁉」

「いんや、あたしの作った薬だし、広まっちゃいないねぇ。ほれ、お飲み」

師匠に促されて恐る恐るルナ王女がその薬を口にすると、想像していたような薬臭さや苦さは感じず、するりと飲み干すことができた。

ルナ王女は呟く。

「お腹が……」

「温かくなってきたかね?」

王女はこくりと頷いた。飲むとたちまち腹部がぽかぽかと温かくなってきたのだ。

「そいつが魔力さね」

「これは、どうすれば……」

「どうもしなくていいさ。その魔力も使わせてもらうってだけのこと」

ランセイルはその言葉で薬の効果の一端を理解した。つまり、術者が外から解呪するだけではなく、呪われた者の内側からも呪いに働きかけるのだ。

確かに、魔力の強い者を対象に魔法を掛けるのは困難である。それを再現しているのかと。

彼がそう考察している間に儀式は始まる。

師匠が手にする杖の先端で、地面をこつこつと叩きながら、呪文を詠唱する。

低く小さい老婆の声でありながら、その声は部屋の空気をびりびりと揺らした。

魔力が世界に響いているのだ。

部屋に魔力が満ち、詠唱が最高潮となったところで、師匠は言った。

「頭をお下げ」

姫は頭を垂れる。神に祈るような姿勢。

そして突き出された鹿の角に、師匠の持つ杖にはめ込まれた宝玉がそっと触れた。

「〈解呪〉！」

師匠の杖から放たれる魔力と、姫の内側から放たれた魔力が輝く。一瞬、黒き影のようなものが姫の体から現れ、それは壁をすり抜けて飛び去っていった。

ルナ王女の金髪の上、茶色く枝分かれした角が黄色く輝き、ダイヤモンドダストのように煌めく粒子を放ちながら、角はだんだんと輪郭を失っていく。

「きれー！」

「ピキー！」

「ピー！」

「ピュー！」

マメーはきらきらが綺麗と喜んだ。ゴラピーたちは放たれた魔力に喜んだ。飛んできた光の粒子が如き魔力にちっちゃい手を伸ばして受け取ると、彼らの頭上に花がぽん、と咲く。

「終わったさね」

師匠はルナ王女の頭上にぽん、と手を置いて撫でた。その動きで王女は自分の頭にもう角が生えてないのだと分かった。

「おお、ルナよ！」

国王は歓喜の声を上げた。

師匠は懐からペンダントを取り出して、王女の首にかける。そのトップには五芒星のプレートがぶら下がっていた。

「ま、見ての通り角は消えたさね」

「おお、感謝しますぞ、魔女殿！」

「だがね」

と師匠は言う。

「呪いをかけた奴を捕まえなけりゃ、解決とは言えないだろう？　それまではこの護符をつけておきな。悪意ある魔術から身を護る働きがある」

「はいっ、ありがとうございます、魔女のおばあさま！」

「体の変化もあるし、数日は大人しくしてることだね。その間に……」

「犯人を捕まえてやらねばということだな」

王の言葉に師匠は頷いた。そう警戒と調査を促しながらも、師匠は相手が再び姫に呪いをかけてくることについてはあまり考えてはいない。

呪い返しが成功したからだ。相手には角が生えているはずで、その状態では再び呪いを使うより、まずは身を隠すことを考えるだろう。

また魔女の来訪を王が謁見の間に呼んで示していること。魔女に敵うと考える魔術師は少ないのだ。

そして何より、解呪にしっかり準備をし、多くの魔力を使ったこと。これは先ほどの説明に加え、相手に実力差を示す意味がある。これだけの魔力がこちらにはあるぞと。

「よかったね！　ルナでんか！」

マメーも声を掛ける。

「ええ……マメーもありがとう」

儀式で魔力を消費したためか、ルナ王女は少し疲れたような笑みを浮かべて言った。

国王としては早く、大々的に快癒を知らしめたいと思っていたが、師匠と話し合ってそれは取りやめることにした。

「婚約の件もあるし、ルナの社交なども再開させてやりたいのでな。治ったと公表したいが、犯人探しを優先せねばならぬか」

「それがいいさね。そもそも数日は安静だよ」

というわけで、この日はルナ王女の部屋でささやかなお祝いをしたのだった。師匠も久しぶりに儀式なんてやったし疲れたわい、などと言って早く眠ったのである。

……その夜のことだった。


ゆさゆさ、ゆさゆさ。

「……魔女様、魔女様」

マメーは人の気配にパチリと目を覚ました。

「なーにー？」

真っ暗な部屋に小さなランプの灯りと人影が映る。

「あっ、マメーさん！」

声は侍女のハンナのものであった。寝ている師匠を起こそうとしていたようだ。

「殿下が……殿下が……」

ハンナが口篭ってしまったのだが、どうやらルナ王女が大変らしい。マメーはぴょんとベッドから降りる。鉢植えのゴラピーの葉っぱがゆらり、と揺れたが、そちらにはねてていいよー、と言ってから師匠の布団を叩いた。

「ししょーししょー」

「なんだい、うるさいねえ……」

マメーと寝ぼけた師匠は寝巻き姿のまま、ハンナに手を引かれてルナ王女の部屋に向かった。

最初に会った部屋よりさらに奥、寝室へと向かう。天蓋付きの大きなベッドに、可愛いもこもこのぬいぐるみが並んでいる。

その光景を見て、師匠は目を覚ましたのか大きな声を上げた。

「なんだそりゃあ！」

マメーも叫ぶ。

「しかさん！」

ベッドには一頭の鹿が身を横たえて眠りについていたのである。その首には師匠の五芒星のペンダントがかかっていて、この鹿がルナ王女であることを示していた。

師匠は額に手を当てて天を仰いだ。

「どうにも参ったねこりゃ」

書き下ろし番外編

ウニーとおっきいの

Mame to chikkoino
presented by
Gyo¥0- & syow

ウニーとその師、ブリギットがグラニッピナの薬を求めて、彼女とマメーの住まう庵にきて数日。ウニーが庵に滞在中、マメーがゴラピーなる変な名前のマンドラゴラの使い魔を創造するのを見て驚かされたり、池でマメーがあわや溺れそうになるなどの事件が起きたが、庵から出発する日がやってきたのだった。

ちょうどマメーとグラニッピナは騎士のルイスに招かれてサポロニアンの王宮へ向かうという用事があり、ブリギットには海の嵐を鎮《しず》めることを祈願する儀式を執り行う予定があった。もちろん弟子のウニーもブリギットに同行するのである。

「じゃあね、ウニーちゃん！」

「うん、マメーちゃん！」

マメーとウニーの二人は抱き合って別れの挨拶を交わし、ウニーはブリギットの箒にまたがって柄をぎゅっと握った。ブリギットがウニーの前に横乗りで箒に腰掛けて魔力を放つ。

「〈遥かなる蒼天の向こうへ〉」

ブリギットの呪文と共にウニーの身体は下から激しく持ち上げられる。箒はつむじ風を巻き起こしながらあっという間に森の木々の高さを越えた。

「ひっ」

もう何度も経験しているとはいえ、ウニーの口から小さく悲鳴が漏れる。

「それじゃーねー！」

「ピキー！」

「ピー！」

「ピュー！」

地上ではマメーとゴラピーが天に向けて大きく手を振っていたが、ウニーにそれに応える余裕はない。森の中から暁の空へと飛び出せば、周囲は茶色と緑から紫の空間に変わる。暁の空を切り裂くように北西へ飛べば、森は、平原はあっという間に後方へと置き去りになり、まるで太陽から逃げているようである。

「ひゃあぁぁぁぁ」

ウニーの口から弱々しく悲鳴がもれ、その声はたちまちはるか後方に置き去りにされた。

ブリギットは大海と蒼天の二つ名を有する魔女である。彼女の魔術の才能は三つ星と、魔女としては平均的なものであるが、その素質は水や風ではなく海と空と限定的であり、かつ雄大であるのが特質であった。

例えば彼女はコップに水を満たすことすら困難なのだ。彼女が水を生み出そうとすればそれは海水となる。

逆に広い範囲に影響を及ぼす儀式を行うのは彼女の得手とするところである。そう、彼女がコップを真水で満たす方法とは視界の及ぶ限りの範囲に雨を降らせることなのであった。

雲を嵐を呼び、あるいは荒れ狂う海を鎮める、それがブリギットの魔術である。それ故に満月や新月といった海が満ちる大潮の日に彼女はしばしば海沿いの国や領地から招聘されるのだ。

「ウニー！　起きてる？」

ブリギットが叫ぶように尋ねた。風がごうごうと流れるので、小さな声では聞き取れないのだ。

返事をする余裕もないウニーはブリギットの腰に回す手にぎゅっと力を込めることでそれに答えた。

ウニーが景色を堪能する余裕もなく、無我夢中でブリギットの身体にしがみつくこと数刻。速度が少し落ちて箒から振動を感じなくなった。

「師匠、到着ですか？」

ウニーが問うた。

眼下の半分には青い鏡面が丸く広がっている。海だ。

ごつごつとした岩の海岸線よりもこちらには大地が広がり、その一点には巨大な船が幾艘《いくそう》も停泊している港と街が見える。

太陽はしっかりとその姿をあらわして南東の空に輝き、街の城壁や塔が影を大地に伸ばしていた。

「そうね、ここなんだけど……」

ブリギットは答える。箒はさらに減速し、空中にほとんど停止した。

普段ならここから意味もなく急降下して地上に降り立ち、ウニーの悲鳴を楽しむはずの師匠にとっては珍しいことであった。

「何かおかしいんですか？」

「ええ、魔力が普通ではあり得ないほど乱れているの。……というか濃すぎる？」

ブリギットは自問するように呟きながらじいっと海面を見つめた。ウニーも師匠のように海面を見つめる。魔力視の魔術を使えば正確にわかるだろうが、そうでなくとも魔女の瞳は魔力を知覚できる。

師匠の真似をしてじいっと海を見つめ続けていれば、なるほどウニーにも異様な魔力のうねりが感じ取れた。

「なにか、きます……！　海の深いところから！」

そしてその魔力のうねりの源は、海中から海面に向かって上がってくるようだった。

それは尋常な気配ではなかったが、あまりにも雄大すぎて逆に変化がわかりづらいほどであった。最初は海の色が青から黒に変化していくように見えた。

次いで、海が音もなくゆっくりと盛り上がっていった。

ブリギットとウニーの眼下で海が渦巻き、ゆっくりと左右に割れていく。その間からは黒光りする巨体が浮上してきた。

いや、黒ではない。深い、深い青。分厚すぎる青の鱗が重なり合って黒に見えているのだ。鱗の生えた背中、優美に陽光を煌めかせる力強いひれ、そして長い首がゆっくりと持ち上がる。角の生えた頭からは海が滝のように海面に落ちていった。

「海竜《シードラゴン》じゃない！」

「わーっ！　わーっ！　きゃーっ！」

そう、それは海に住まう竜の一種だった。濃厚な魔力と筋力に支えられた、鯨《くじら》の数倍ある巨体が今や海に浮かんでいた。

ブリギットは感嘆したように叫び、ウニーはブリギットの背中で悲鳴を上げてブリギットの腹に回している腕にぎゅっと力を込めた。

ウニーの悲鳴をうるさく感じたのかどうかはわからないが、ウニーの頭よりも巨大な竜の眼球がじろりと二人を捉える。

「なによう！　こんなとこまで上がってきて」

「ちょっと師匠⁉」

臆することもなくブリギットは竜に言葉を放つ。

当然ながらこの巨体である。沿岸部ではなく海の深層に住まう魔獣であるはずであり、ブリギットの言うようにこんなところで目にかかるような生き物ではない。

竜はぶふう、と大きな音を立てて鼻息で答えた。

海水が霧のように噴き出されて、周囲の景色を白く染める。

「迷い……こんじゃったの？」

何を言っているのかはさっぱりわからない。だがそれが竜の力なのかなんなのか、ウニーは竜がそう言っているように聞こえた。

ドラゴンは口をぱかりと開けた。ウニーなどひと呑みできる大きさ。恐ろしく鋭く巨大な牙がずらりと並んでいたが、それはどこか愛嬌のある姿にウニーは感じていた。

「ふうん？」

面白そうだというような声をブリギットは漏らしながら、ローブの内側をがさごそと探って水袋くらいの大きさの革の袋を一つ取り出した。

そうして箒でふわりと浮き上がり、ドラゴンの頭上側へと移動すると、袋の中に手を突っ込んでひょいと中身を投げるような仕草をした。

「ほら、ドラゴン！　お食べ！」

ブリギットが片手で持てるような袋から飛び出したのは、ブリギットとウニーを足したのよりもずっと大きい、生のマグロ一頭であった。

ブリギットが持っているのは、姉弟子であるグラニッピナに作ってもらった魔法の収納袋である。虚空庫の魔術を他人にも使えるようにした道具であり、もし買うとなれば城が建つほどの値がはるものだ。

「うわーっ！　わーっ！」

轟、と大気を震わせるように鳴いて、海竜は空中に投げ出されたマグロに齧り付いた。バキバキと牙の間から骨が折れる音がし、顎のあたりが血で赤く濡れていく。

ウニーは感嘆の叫びを上げる。

そうそう見ることのできない、豪快な食事風景だった。

「こんな浅いところじゃ、大きい魚がいないでしょうに。もっと沖に行きなさいな」

言葉が通じているのかはわからないが、大気を震わせる咆哮《ほうこう》を響かせながら竜は再び海中にゆっくりと沈んでいった。それはブリギットに感謝を伝えているようにウニーには聞こえたのだった。

静けさの戻った海。箒の上でウニーはブリギットに尋ねる。

「師匠どうするんですか？」

「どうもこうもないわね。儀式は中止か次の新月まで延期よ。とりあえず連絡入れないとね」

ブリギットはため息をひとつ。

竜が持つ膨大な魔力は存在するだけで魔術儀式を歪めてしまうためである。依頼人はここから見える港町を有する領主だ。ブリギットは箒を旋回させて港へと向かった。

港では当然、ドラゴンの姿が見えていたので大騒ぎであった。望遠鏡や魔術を使って、あるいは目の良い船乗りたちからはブリギットがマグロを投げて竜を穏便に追い払ったのも見えていたようで、到着するなり二人は歓迎にもみくちゃにされた。

ブリギットは街の領主と会談をせねばならないのだが、屋敷までたどり着くのにずいぶんと時間がかかったのである。

領主や役人らと会食したり話し合いの席が設けられ、ウニーもそこに参加して話を聞いていた。通常であれば儀式のキャンセルともなれば文句の一つも出ようが、ここからも竜の威容が見えていたそうで、特に問題もなく受け入れられた。

ウニーはその後の酒の席からは外され、どちらにしろ今日はこの屋敷に泊まることとなったので、先に客間に案内される。ブリギットは夜も遅い時間になってから客間に向かった。

「ただいまー」

ブリギットが部屋に入って声をかけたが、それに応じる声はなかった。

ウニーがもう寝ているのかと思ったがそうではない。薄暗い部屋の中でウニーはソファーに座っていた。

近寄ってみれば、ウニーはうぬぬと唸《うな》りながら手元で闇を動かしている。やっていることは単純な闇操作と闇の性質変化だろう。マメーやゴラピーたちと遊んでいた魔術である。闇を棘だらけにしてウニのような形にしていた魔術だ。

しかしそこに込められた魔力はその比ではない。ブリギットの魔女としての目には、高密度の魔力がその小さな闇の中で蠢いているのが見えた。

「ウニー、起きてるの？」

返事はない。ブリギットが戻ってきたことに気づいてすらいないのかもしれない。それだけ魔術に集中しているのだ。

ウニーの前のテーブルには魔導書が広げられていたが、視線はそちらには向いていない。ただ自らの手の中を真剣な表情で見つめている。

彼女の手の中で、闇はわだかまり、人の頭部くらいの大きさの球から棒状のものが数方向に伸びてぐねぐねと動いていた。棒状のものを覗き込めば、それらは牙の生えた頭部であり、ひれであり、尾であり……、今日見た海竜を模しているのは間違いなかった。

「へぇ」

ブリギットが笑みを浮かべる。

闇の形状を変化させ、液体や個体のように性質を変化させるのは、そこそこ高度な技術ではあるが、ちゃんと訓練をした魔女にとってそう難しいことではない。

実際、まだ十歳のウニーが習得し、マメーにそれを披露していたのだから。だからその彼女がここまで集中し、周囲に漏れ出すほどの魔力を込めているのは、それよりもはるかに難しい魔術を行使しようとしているために他ならなかった。

「……闇に生命を与える魔術」

ブリギットは呟く。ウニーの前に置かれた魔導書、最後の方のページが開かれている。つまりそれは高位の、高難度の魔術であるということに他ならない。

ウニーの属性は闇と水だ。マメーの植物とは全く性質の異なるものである。どちらも無機物を扱う属性であり、植物はそもそもが生き物である。

マメーは魔法を扱い始めたその日にマンドラゴラを使い魔、しかも新種のそれにしてみせたが、もちろん異常な話であり、彼女の持つ星五つの才能というのを見せつけられるものだ。だが魔術の属性としてはそもそも得意な内容であると言えよう。

しかしウニーは違う。水や闇を象徴する生き物として魚やコウモリを使い魔とするのではなく、生命を持たない闇そのものを使い魔にするのは極めて高度な魔術であり、ブリギットにすら扱えない。

ブリギットはウニーの座るソファーの隣にぽすんと腰を下ろした。

「右腕に闇の竜とか棲《す》ませちゃうのかしら？」

「わあ師匠！　びっくりした！」

ウニーがびっくりして顔をあげ、彼女の手の中の闇が霧散した。

「ただいま」

「おかえりなさい。来たなら言ってくださいよ！」

「言ったけど、集中してて聞こえてなかったのよ」

あー、とウニーは気まずそうな表情をし、ちらと時計を見て時間がずいぶん経っていることに気づいた。

「ドラゴン気に入った？」

ブリギットは問い、ウニーは少し照れたような表情を浮かべてこくりと頷いた。

「マメーから刺激を受けた？」

「……はい」

善きかな、とブリギットは満足を覚えた。星五つの天才が年少にいて、腐らず向上心を抱けたこと、そこから刺激を受けたのは素晴らしいことだ。マメーが溺れて死にかけたというのがあったにせよ。

ブリギットはそれを口にすることはなく、こう続けた。

「それ、難しいわよ。すぐできることじゃない」

「大丈夫、わかっています」

ウニーは魔導書を閉じた。だけど諦める気はない。その表情はそう雄弁に語っていた。

「ね、ね。やっぱ闇の竜とか右腕に棲ませちゃったりするの？　かっこいいー！」

ブリギットがからかうように言うので、ウニーは真面目くさった表情を作り、右腕を左手で隠すように持った。

「……わたしの右腕には闇の竜が封じられているの」

あはは、とブリギットは笑った。

ウニーが〝闇竜の主〟という二つ名を得るまでにはまだ長い歳月が必要であった。

あとがき

ゴラピーかわいいよゴラピー。

実のところ本作品の書籍化打診をいただいたのはちょうど一年前のことだったのと、コミカライズの企画も同時に進行していたんです。だから半年くらい前にはキャラクターデザインや漫画のネームも見ていたんですよ。

いやもう、ゴラピーにしろマメーやウニーにしろ、めっちゃかわいくて！

書籍版イラストレイターの syow 様、漫画家の solty 様、本当にありがとうございました。イラストやマンガを見るたびに大興奮しております。今後ともぜひよろしくお願いいたします。

ちなみにWEB版にはなかった、ちっちゃいしっぽがゴラピーに生えてたり、ゴラピーごとの形状に個性があるのは完全に彼らのおかげです。すばら。マジ神。

はい、というわけでTOブックスでは初めまして。小説家になろうで連載を追ってくれたり、他作品を読んでくれている人はいつもありがとうございます。ただのぎょーです。

拙作、『マメーとちっこいの～魔女見習いの少女は鉢植えを手にとことこ歩く』をご高覧いただき、ありがとうございました。

本巻はマメーとちっこいの第一部、『角の生えたお姫さま』の前半部分であり、内容は二巻に続いていますね。なんとその、二巻の発売が既に決まっています。ヤッター！

そうお待たせすることなく、数ヶ月後に発売予定ですので、ぜひ引き続きよろしくお願いします。

改めまして、syow様、solty様、書籍化のお声がけをくださいました編集のO様他、TOブックスの皆様、書籍化作業に関わった方々、小説家になろうで作品を応援してくれている皆様、作品の下読みなどしてくれている作家仲間の友人たちに感謝を。いつもありがとうございます！

もちろんその誰もがこの作品を世に出すには欠かせない人たちなのですが、今回は特にその作家仲間から豆田麦先生を。ええ、主人公の名前がマメーなのはもちろんここからとられています。豆田先生がちっちゃな生き物をたくさん連れて歩く、スマホの某ウォーキングアプリをやっていなかったら、この作品が生まれることはありませんでした。

ありがとう、豆田先生。また美味しいものでも食べに行こうね！

それでは皆様、二巻でお会いしましょう。

ただのぎょー

つのかわいい！
鹿の角のお姫さまに
会ったよ！
王都で
ゴラピー大人気
&大活躍！？
コミカライズ
2025年2月
連載開始！
漫画 solty
原作 ただのぎょー
キャラクター原案 syow
第2巻 今夏発売！

つぎのおはなし
角の原因
わかっちゃったかも!
マメーとゴラピーの
冒険はまだまだ
つづく!!
マメーと
ちっこいの
Mame to
chikkoino
～魔女見習いの少女は
鉢植えを手にとことこ歩く～
2
ただのぎょー
ill. syow

©三木なずな・TOブックス／没落貴族製作委員会
没落予定の貴族だけど、
暇だったから魔法を極めてみた
テレ東・BSフジ・AT-Xほかにて
TVアニメ絶賛放送中!

白豚貴族ですが前世の記憶が
生えたのでひよこな弟育てます
shirobuta kizokudesuga zensenokiokuga
haetanode hiyokonaotoutosodatemasu
©やしろ・TOブックス／しろひよ製作委員会

著 岬
ill. さんど
TVアニメ化決定！
穏やか貴族の
休暇のすすめ。
A MILD NOBLE'S
VACATION SUGGESTION

本がなければ
作ればいい——
原作小説
（本編通巻全33巻）
第一部
兵士の娘
（全3巻）
第二部
神殿の
巫女見習い
（全4巻）
第三部
領主の養女
（全5巻）
第四部
貴族院の
自称図書委員
（全9巻）
ラインストア限定
続々発売中！
ハンネローレの
貴族院五年生
貴族院外伝
一年生
短編集
（1～3巻）
第五部
女神の化身
（全12巻）

夢物語では終わらせない
ビブリア・ファンタジー
ふぁんぶっく
1〜9巻
原作ドラマCD
1〜10
ハンネローレ
ドラマCD
本好きの
下剋上
司書になるためには
手段を選んでいられません
香月美夜
miya kazuki
イラスト：椎名 優
you shiina
TOブックスオン
書籍、グッズ
ありがとう、本好き！
シリーズ累計
1100万部
突破！（電子書籍を含む）
詳しくは原作公式HPへ
tobooks.jp/booklove

マメーとちっこいの
～魔女見習いの少女は鉢植えを手にとことこ歩く～

2025年3月1日　第1刷発行

著　者　ただのぎょー

発行者　本田武市

発行所　TOブックス
〒150-0002
東京都渋谷区渋谷三丁目1番1号　PMO渋谷Ⅱ　11階
TEL 0120-933-772(営業フリーダイヤル)
FAX 050-3156-0508

印刷・製本　中央精版印刷株式会社

ISBN978-4-86794-470-7

Printed in Japan